少爷

〔日〕夏目漱石 著

徐建雄 译

浙江文艺出版社
Zhejiang Literature & Art Publishing House

一

我天生一副亲娘老子给的炮筒子脾气，一点即着。就为这个，打念小学那会儿起，没少吃过亏。

念小学那会儿，我从学校的二楼跳下去过，结果一整个礼拜直不起腰来。或许有人要问了，干吗这么不要命呢？其实也没什么特别的理由。那天我在新盖的二楼上探头探脑地张望，有一个同学撩拨我说："你威风什么？再威风，也不敢跳下去吧！"紧接着，别人就开始"胆小鬼！胆小鬼"地瞎起哄。一见如此，我就一咬牙一跺脚，跳了一个。

校工背我回家时，我老爸瞪大了眼睛呵斥道：

"跳个二楼就直不起腰来啦？没出息的东西！"

我立马顶了他一句："你等着，我下回跳个直得起腰的给你看！"

有一回，一个亲戚送了我一把西洋造的小刀。我对着阳光给伙伴们看那漂亮的刃口。有个小子偏要跟我抬杠，说：

"看着倒是光亮亮的，可中看不中用，切不了东西。"

我一听就火了，说：

“怎么就切不了东西了？什么都能切！”

“那切你的手指头试试。”

那小子存心挤对我。

“怎么着？不就是切个手指吗？瞧好了！”

说着，我往右手大拇指的指甲上斜着切了一刀。幸好那刀子毕竟太小，而我的手指骨又很硬，所以大拇指至今还连在手上呢。不过，这道伤疤许是到死都褪不掉的了。

从我们家的院子往东走二十来步，到了尽头的南坡上，有一片菜园子，正中间长着一棵栗子树。这棵树对我来说，可是比性命还要宝贵。栗子成熟的季节，我总是早上一起身便跑出后门，捡拾起掉落在地上的栗子，然后带去学校里吃。菜园的西侧与“山城屋”当铺的院子相连，那当铺里有个十三四岁的小子，名叫勘太郎。这个勘太郎自然是个孬种，可孬归孬，竟然也会翻过竹篱笆墙，到我们家的地盘上来偷栗子。

有一天傍晚时分，我躲在折叠门的背后候了半天，终于逮到了前来偷栗子的勘太郎。那会儿，勘太郎眼见得已无路可逃，便不要命地朝我扑来。这小子比我大两岁呢，虽说是个孬种，倒也有股子牛劲儿。他用秃脑门顶住我的胸口，步步进逼之际，忽地一滑，整个脑袋竟钻入我那件夹袄的袖筒里了。我的胳膊被他的脑袋别住，使不上劲儿，于是我拼命地挥动手臂，而勘太郎的脑袋也跟着左右摇晃。后来那小子实在憋不住，在袖筒里一口咬住了我的胳膊。我疼痛难忍，将勘太郎一直推到了竹篱笆的墙根处，脚下使了个绊子，将他撂倒在他家院子的那一侧。由于“山城屋”院子的地面比我家的菜园子要低那么六尺[1]，倒下去的时候压塌了竹篱笆。他“啊”地大叫一声，以倒栽葱的方式跌进了自家的领地。勘太郎摔下去的时候，顺势扯掉了我夹袄的一只袖筒子，我的胳膊这才恢复了自由。当天晚上，我老妈去“山城屋”跟人家赔礼道歉，顺便要回了那只袖筒子。

要说我闯过的祸，还远不止这些呢。

我有一次领着木匠家的兼公和鱼店的阿角糟蹋了茂作家的胡萝卜地。胡萝卜苗尚未出全的地方，上面苫着一层稻草。我们三个在那上面练了半天相扑，结果把下面的胡萝卜踩了个稀巴烂。

还有一次，我把古川家水稻田里的井给堵上了，结果人家找上门来算账。那口井其实是个将打通了竹节的粗毛竹深埋于地下，引出水来浇灌稻田的装置。我那会儿根本不懂那是个什么玩意儿，只管将石块啦、半截子木棒啦一股脑儿地往里填，直到水冒不出来了才回家去吃饭。哪知刚端起饭

1　当时一尺为30厘米，六尺就是180厘米。

碗，古川那家伙就满脸通红、大声咆哮着闯进了我家。记得那一回是赔了钱才把事情摆平的。

在家里，我爸一点儿也不疼我，我妈只会一个劲儿地袒护我哥。我哥长得细皮白肉，喜欢学戏——学戏倒也罢了，还喜欢男扮女装演花旦。老爸看到我就说："你这小子反正是没出息了。"老妈则说："无法无天的，今后该怎么办呀？"

没错，我确实没什么出息，反正就这模样了。担心我的未来也一点儿不奇怪，因为我活着不图别的，只要不蹲大狱就好。

在老妈生病去世前的两三天吧，我在厨房里翻筋斗，肋骨撞到了灶台，疼得眼前满是金星。我妈见了大动肝火，气得不行，说："我再也不要看到你了。"于是我住到了亲戚家里，可谁知一会儿工夫我妈的死讯就追来了。我没想到她这么快就死，早知她的病有这么重，我应该安分一点。就这样，我怀着十分沉重的心情，又回到了自己家。不料我哥竟然说我不孝，还说是因为我，我妈才死得这么早的。我憋屈得不行，抽他一个大嘴巴，结果又挨了我爸一顿臭骂。

我妈死后，我就跟我爸和我哥三人一块儿过日子。我爸游手好闲，无所事事，见到我就说："你小子算是废了，废了。"几乎成了他的口头禅。我怎么就废了呢？到现在也不明白。摊上这么个爸真是天晓得。我哥说要当什么实业家，一个劲儿地啃英语。他天生一副娘娘腔，性格又狡猾，我跟他合不来，基本上以十天一次的频率干架。有一次我跟他下将棋，他打埋伏，使黑手，作弄了人还得意洋洋地说风凉话。我一时怒从心起，将手里捏着的一枚“飞车”拍到了他的脑门上。他额头上磕破了点皮，稍稍出了点血，可居然小题大做，去老爸那儿告我的状。老爸不分青红皂白将我痛骂一顿，还说要将我逐出家门，与我断绝父子关系。

见他说得如此绝情，我心灰意冷，心想，逐出家门就逐出家门，断绝父子关系就断绝父子关系，谁怕谁呀？可家里有一个已经跟了十来年的女佣，名叫阿清的，听说了这事儿以后，她哭得跟泪人儿似的，一把眼泪一把鼻涕地在我爸跟前替我求情，他的心头之火也就慢慢平息了。尽管这样，我也并不怕他，心里反倒觉得挺对不住这个叫做阿清的女佣。

据说这女佣原本也是极有来头，但幕府倒台后家道中落，这才出于无奈，最后到别人家来做帮佣。当时她也颇上了点年纪，够得上称一声老婆婆了。也不知哪来的缘分，这个阿清非常疼爱我，简直让人觉得不可思议。我这人向来不讨人喜欢，就连我妈也在临死前三天不再对我抱有任何好感。我爸反正是一年到头都讨厌我。街坊邻居也都斜着眼瞧我，只当我是个惹是生非的捣蛋鬼。所以别人不把我当根葱，我倒也没觉得什么。可说来奇怪，只有阿清婆拿我当个宝贝，事事都宠着我、护着我，反倒让我心里不着不落的。

阿清婆在厨房里见左右没人，总要夸上我几句，说什么“你天性耿直，心眼儿正”。可是，这话到底是什么意思呢？我弄不明白。如果说我是秉性好，那么除了阿清婆以外，别人也该待我再好一点才是啊。所以每当她这么夸我时，我总是回答说：“我可不吃马屁。”于是阿清婆就会说：“所以说你心眼儿正嘛。”说完，还乐滋滋地端详我。那股得意劲儿，就像我是她一手造出来似的，叫人心里怪不舒服的。

老妈死后，阿清婆就越发疼我了。我那会儿还是个孩子，哪懂得什么人情世故，可有时也纳闷：干吗要对我这么好呢？何必这么疼我呢？真无聊！可又觉得自己这么想，不就是将人家的好心当作驴肝肺了吗？挺对不住她的。

然而，不管我的小心思怎么转，阿清婆还是始终如一地疼我，时常用她自己的零花钱买金鳄烧或红梅烧[1]给我吃。冬天里她会悄悄买好了荞麦粉，遇上寒冷的夜晚为我做荞麦糊吃。常常是我已经睡了，她还神不知鬼不觉地将荞麦糊端到我的枕边来。有时还会买砂锅乌冬面。不光是买东西给我

1　两者都是日式烤制的点心。

吃，她还给我买袜子，买铅笔，买笔记本。有一次她甚至借给我三块大洋[1]！——不过是很久以后的事了。这可不是我开口跟她借的，是她主动到我房间里来，说：

“你也没个零花钱用，太苦了。这点钱拿去吧。”

我当然说不要，可她非给我不可，我也就顺水推舟了。说实话，其实我心里高兴得不得了。

我将这三块大洋放入钱包，揣进怀里就上茅房去了。谁知一进去刚要解手，只听得“扑通”一声，钱包掉粪缸里了。没法子，我磨磨蹭蹭地出了茅房后，只得一五一十地跟阿清婆坦白。阿清婆二话不说，立刻找了根竹竿来，一定要帮我捞上来。过了一会儿，井台边传来“哗哗”的声响，我出去一看，见阿清婆正在用水冲洗那个被竹竿叉住了系带的钱包呢。接着，她打开钱包，从里面取出了三张一元面值的钞票。只见那钞票已经变成了棕色，图案也有些模糊不清。阿清婆在火盆上将钞票烤干后交给我，说：

“这下行了吧？”

我捏起来闻了一下，说了声“真臭”。阿清婆说：

“好吧，我去给你换来。”

也不知她上了哪儿，使了个什么办法，竟用那三张钞票

---

1 当时的三块大洋相当于现在的六万日元左右，所以不是零花钱的程度了。

换了三个银元来。

那三个银元我到底是怎么花掉的，现在一点也想不起来了，只记得当时说过“马上就还你”，却一直没还。事到如今，即使我想加十倍奉还，也还不了了。

阿清婆给我东西，必定是背着我爸和我哥的。可我这人最讨厌的就是背着别人独自占便宜。我和我哥合不来，这不假，但也不愿意阿清婆偷偷只给我点心或铅笔。我问过阿清婆，为什么不给我哥。她若无其事地说什么“你爸爸会给你哥买的，不用管他”。她这话自然是不公正的。老爸尽管对我成见很深，倒也还没这么偏心眼儿。不过，或许在阿清婆的眼里，他就是个偏心眼儿。其实，她无疑是被自己对我的疼爱遮蔽了双眼。对于一个原先也有头有脸却没受过什么教育的老婆婆来说，这也是无可奈何的事情。

然而，阿清婆对我的偏爱还远不止这些，可以说已经到了令人生畏的地步了。她一厢情愿地认为我将来一定会出人头地。而拼命用功的我哥，却被她认定除了长得白净一点以外，没有任何出息。遇上这样的老婆婆也真拿她没辙。总之，她坚信凡是自己喜欢的人必定大富大贵，凡是自己讨厌的人必定潦倒落魄。我那会儿倒也没觉得自己将来会有什么出息，可阿清婆老说我会有出息，肯定会有出息，让我不禁寻思起来，或许还真有可能呢？现在回想起来，真是傻得冒烟。我也问过阿清婆，将来我到底会成为怎样的大人物。对于这个具体的问题，阿清婆似乎并没有思考过，只是说，我今后一定会盖起带有门楼[1]的堂皇府邸，出入都坐着专车[2]。与此同时，阿清婆还坚持在我成家立业之后也要跟着我一起过日子。“请您一定留下我！”——这话她已经跟我说过好多遍了。我呢，也答应过她：“嗯，放心吧。会留下你的。”口气一如我已经成家立业了似的。可谁料想这个老婆婆的想象力特别丰富，听了我的话，立刻就往下说：

“那么，您喜欢什么地段呢？是麹町好呢，还是麻布[3]好？院子里要立个秋千架，西式房间不用多，一间就够了。”

你看，她已经自作主张地替我规划起来了。

我那会儿根本没想过要什么房子，所以总是跟她说，洋房也好，日式也罢，都用不着，我不要这些玩意儿。于是阿清婆就夸我说：

“好啊，说明你清心寡欲，心地淳朴。”

---

1 在明治维新以前，住宅的门楼是身份的象征，不是普通人能建造的。

2 指人力车，并且是雇有车夫的自备用车。这在当时是身份的标志。

3 麹町即今天的东京都千代田区，是皇居、国会大厦、日本中央省厅的所在地。从前也是高官、政要相对集中的居住地。麻布位于今天的东京都港区，是高档住宅区，也有许多外交官的府邸。

反正不论我说什么，她都会夸的。

我妈死后的五六年，基本上就是这么过来的：被我爸骂，跟我哥干架，吃阿清婆买的点心，还不时被她夸上两句。我没别的奢望，觉得日子这样过也挺好，因为我以为别人家的小孩子大概也都跟我差不多。可是，阿清婆只要见我稍微遇上点事，就会说："你这孩子可怜啊。真是不幸啊。"我也便觉得自己大概是可怜、不幸的了。除此之外，什么苦也没吃过，只是老爸不给零花钱，让我很不爽。

在我妈死后第六年的正月里，我爸也得脑溢血死掉了。同年四月，我从某私立中学毕业。六月，我哥从商业学校毕业，在一个名字忘记了的会社的九州支店得了个差使，要去那儿上班。我呢，还得留在东京继续上学。我哥提出，要将家当统统变卖了去九州就职。我回答说："你爱怎么办就怎么办吧。"反正我也没打算靠着他过日子。就算他愿意管我，也难免还要干架，到时候肯定还是会提出分道扬镳的。而要接受他那种不尴不尬的监护，就得向他低头，我才不干呢。我早想好了，大不了去送牛奶，怎么也不会饿死的。我哥找了个收旧家具的，将祖祖辈辈留下来的旧家具统统贱卖掉。房子则通过中间人的斡旋，卖给了一个大财主，大概卖了不少钱吧，不过具体情况我一概不知。

一个月之前，我开始寄宿在神田小川町的别人家里了，等今后的去向有了眉目之后再做打算吧。阿清婆看到自己居住了十多年的房子就这样给了别人，痛惜得不行，可又不是她的财产，她能有什么办法可想呢？“您要是再大几岁，就能继承下来了。”——她一个劲儿地跟我唠叨。要是大几岁就能继承的话，那现在也应该能继承了嘛。她不懂，以为只要到了年纪就能得到我哥的家产[1]。

于是我哥跟我分道扬镳了，难办的倒是阿清婆该何去何从。就我哥的身份来说，自然是不能带个用人去赴任的，再说阿清婆也压根儿没有跟在我哥屁股后头南下九州的意愿。而我呢，其实也是泥菩萨过河，因为那会儿正寄宿在一个只有四叠半[2]大小的廉价房里，随时都可能搬走。没奈何，只得问一下她自己了。

“你有没有打算去别的人家做帮佣呢？”我说。

不料她早就拿定了主意，立刻回答道：

“没说的，在你有了自己的府邸，娶了娘子以前，我先去外甥那儿落落脚。”

她的这个外甥在法院里做书记官，日子过得挺不错，在

1　日本二战以前的民法规定，户主去世后，由长子继承所有财产，次子及以下是什么都得不到的。

2　房间面积计量单位，一叠相当于1.62平方米。

此之前已经来动员过她两三次了，说是“马上就搬来一起住也没问题”，可阿清婆没答应，“在这儿尽管是做用人，毕竟早已住惯”。然而如今的情况不同了，也许她觉得与其换个地方做用人，处处看人家的脸色，不如住到外甥家去呢。即便是这样，她仍对我说：“少爷您要早点盖起自己的府邸来，早点娶一房娘子回来呀。我要回来伺候您的。”看来比起亲外甥，她更心疼我。

动身去九州之前，我哥到我的寄宿处来了，给了我六百块大洋，说是用作做生意的本钱也好，用来交学费也罢，随我的便。不过，今后我们哥俩就两清了。这倒颇出乎我的意料。就我这位哥哥来说，这一手做得够漂亮。我原想，不拿他这六百块钱也不见得过不下去，但他这种一反常态的豪爽十分合我的心意，于是说了声“谢谢”便收下了。随后，我哥又拿出五十块钱，说：

“你顺带着将这点钱给阿清吧。”

我自然毫无异议，立刻就收下了。

两天后，我跟他在新桥火车站挥手作别，之后再也没见过他。

我横躺着，琢磨开了这六百块大洋的用法。做生意吧，也挺麻烦的，估计我是折腾不起来了。再说仅凭这区区六百块钱，又做得成什么像样的生意呢？即便成了，就我现在这样，还是不能跟人吹嘘自己受过良好教育，所以是划不来的。生意不生意的，算了吧，不如用作学费好好念点书。将这六百块一分为三，每年两百块，足够上三年学。三年内用一用功，一定能学成个什么。紧接着我就开始琢磨该上哪所学校了。

我从来没有喜欢过任何一门功课，尤其是什么外语啦、文学啦，一听就头痛。要是拿新体诗[1]来给我读，估计二十行中连一行也看不懂。于是我想，既然什么都不喜欢，那就学什么都一样了。有一天，我刚好路过物理学校[2]的校门口，见他们贴出了招生广告。我心想，不是什么都得讲缘分吗？遇见了就是缘分。我拿起一份章程，立刻办了入学手续。如今回想起来，这实在是失策，只怪我那亲娘老子给的一点就着的炮筒子脾气惹的祸。

三年时间，马马虎虎，我也同别人一样学了下来。我原本就不具备什么良好素质，所以要说到成绩排名，自然是

---

1 指明治末期兴起口语诗之前的明治文语诗。源自外山正一等人的《新体诗抄》，后来由岛崎藤村加以发扬光大。

2 全称是东京物理学校，是现在的东京理科大学的前身。在明治早期，各个学校自行其是的情况十分普遍。该校就奉行“易进难出”的方针，不设入学考试，但学生的毕业控制得很严，其毕业生很多都做了中学里的数学或物理老师。作者选用这所学校，是在有意营造当时的时代氛围。

从屁股后头倒数上去比较方便。令人不解的是，三年时间一到，我居然也顺顺当当毕业了。这结果连我自个儿都觉得好笑，不过这可没什么好抱怨的，所以我老老实实毕了业。

毕业后的第八天，校长把我叫去。我还当什么事呢，跑去后，他跟我说，四国那边有所中学[1]缺数学教师，月薪四十元[2]，问我去不去。我虽然在物理学校念了三年书，可老实说，根本没想过要做什么老师，何况还是去那么远的乡下教书。不过呢，要说除了老师以外是否有什么具体规划，也是一点都没有，所以见校长这么正儿八经地找我商量，也就一口答应了下来。这还是我那亲娘老子给的炮筒子脾气在作怪。

既然答应了，自然是一定要去了。这三年来，我一直窝在这间四叠半的小房间里，没人埋怨过我半句，我也没跟谁拌过嘴。可以说，我在此度过了人生中一段逍遥自在的美好时光。事到如今，也就不得不跟这间“四叠半”告别了。

要说走出东京，自打我出生以来，总共只有那么一次，是跟同学一起去镰仓远足。这次要去的地方远得多，不是什么镰仓可比的。从地图上看，那是海边上一个针尖大小的地

1　即爱媛县寻常中学，现在改名为松山东高校。

2　《少爷》发表于明治三十九年，当时小学教师的起步工资是八至十日元，可见中学教师的工资是相当高的。当然，松山那地方是乡下，或许工资里也包含地区补贴的成分。

方。肯定算不上好地方。那里的城镇是什么样、住着怎么样的人，我一概不知。可又有什么关系呢？有什么好担心的呢？只管去就是了，无非多少有些麻烦。

我们家“关门歇业”之后，我也常去看望阿清婆。她外甥为人挺地道，每次只要他在家，总会殷勤地款待我一番。阿清婆则当着我的面，总是拿这个那个替我吹嘘，甚至说什么，等我学校毕业后立刻会在麴町购置豪宅，并且进入政府机关上班。她自说自话地决定了我的将来，自说自话地吹嘘一通，反把我弄得很窘迫，脸红耳赤的。而且还不是一次两次，居然说了很多遍。更要命的是，她时不时会抖落出我小时候尿床的事来，简直叫我无地自容，也不知她外甥听了心里是怎么想的。反正阿清婆是老派人物，她将我与她的关系当作封建时代的主与仆，又隐隐感到，我既然是她的主人，自然也就是她外甥的主人了。可见做她外甥真是倒了大霉。

去四国那边当数学老师的事终于落实。在动身的三天前，我又去看望了阿清婆。不巧，她感冒了，在一间朝北的三叠大的房间里孤零零地躺着。见我来了，她连忙坐起来，忙不迭地问道：

“少爷，您什么时候置办府邸呀？”

看来她以为只要一毕业，金钱就会自动从口袋里冒出来。可如果我真是个如此“伟大”的人物，她还“少爷、少爷”地叫着，不显得傻气吗？我没给她多解释，只是简简单单地说了句：“暂时还置不了，马上要到乡下去了。”她一听，露出格外失望的表情，用手不住地抚平零乱的花白鬓发。我看着心里挺不落忍的，就说：

“去去就要回来的。明年暑假的时候我肯定回来。”

我这是在安慰，但见她依然愁眉不展，又问：

“我会给你带些土产来的，你想要什么？”

她说：“想吃越后[1]的竹叶糖[2]。”

越后的竹叶糖？我听都没听说过。别的先不管，首先这方向就搞错了嘛。

我说：“我要去的那个乡下好像没有竹叶糖。”

于是她就反问道：“那到底在哪边呀？”

我一说是西边，她就问：

“那是在箱根[3]的这边呢，还是那边？”

真拿她没辙。

到了出发当天，阿清婆一大早就来帮我收拾行李，还把来的路上买的牙刷、牙签跟毛巾一股脑儿塞进帆布包里。我

1　日本的旧国名之一，相当于现在除了左渡岛以外的新潟县全境。

2　日本新潟县上越地区的土产。一种用竹叶包裹的透明的饴糖。

3　在江户时代，箱根就是江户地区的最西边，设有关卡。所以阿清婆一听到西边立刻就想到了箱根。

说这些都用不着，可她根本不听。

我们雇了两辆人力车，并排着来到了火车站，她一路把我送到了月台上，然后凝望着已经上了车的我，小声说道：

“说不定这就跟您永别了。要多保重啊。”

我看到她的眼眶里满是泪水。我可没哭，不过眼泪也快流出来了。恰逢这时火车开动了，我心想，这下应该差不多了吧。可从车窗里探出头去往后面一看，只见她还站在那儿，只是人已经缩得很小了。

二

蒸汽轮船“呜——”地拉了一声响笛停下后，就有小舢板离开岸边，朝轮船这边划过来。划船人赤身裸体，仅在下身系着一条红色的兜裆布[1]，可见这儿确实是个不开化的野蛮地方。不过，这天气也实在是太热了，身上穿不住衣服。阳光照得水面上亮闪闪的，看着叫人眼晕。我问了船上的事务员，说就在这儿下船。朝岸边看去，感觉是个跟大森[2]差不多的小渔村。这不是欺负人吗？我心想，这种地方怎么待得下去呢？转念一想，来都来了，还能怎样？于是我抖擞起精神，头一个跳上舢板，紧接着有五六个人也下了轮船。又装上四个大箱子之后，“红色兜裆布”才将小船划回了岸边。

靠岸时，还是我头一个跳上岸，接着马上抓住一个站

1　在日本的明治大正时代，这副模样出现在户外其实并不算下流。但“少爷”来自首都东京，祖上又是有点身份的，所以见了觉得粗俗野蛮。

2　地名，位于东京都品川的南边。“少爷”去镰仓远足时应该经过那里。明治时代是个渔村，出产海苔。战后是有名的海水浴场，后来经过填海造地，成了一片人造陆地。

在岩石上的流鼻涕小鬼，问他中学在哪儿。那小鬼愣头愣脑地回答说："不知道。"真是个不开窍的乡下小鬼，不就是巴掌大小的一块地方吗？怎么会连中学在哪儿都不知道呢？这时，一个穿着怪模怪样的窄袖筒上衣的男人凑了过来，说了声"随我来"。跟过去一看，原来是把我带到了一个叫做"港屋"的旅店门口。一群讨厌的女招待齐刷刷地喊了声"请进"，让人根本不想进去。我站在旅店门口说：

"快告诉我中学在哪儿！"

她们说，去学校还得坐火车跑上两里[1]地呢。既然这样，我就更不愿进店了，从窄袖筒上衣的怀里将我那两个包抢了回来，大模大样地扬长而去。旅店里的人看得一脸茫然。

车站很快就打听到了，车票也毫不费事地买到了手。上车一看，发现这火车的车厢简直跟火柴盒差不多。"咣当咣当"地晃荡了五分钟左右，就必须下车了。怪不得车票这么便宜呢，只要三分钱。下了火车，我雇了一辆人力车。抵达学校时已经放学，校内空无一人。一个校工说，值夜班的老师也不在，有事出去了。这夜班可够舒坦的啊。我心想该去见见校长吧，可实在已经累得不行，便吩咐车夫直接拉我去了旅馆。车夫十分卖力地一口气将我带到了"山城屋"的门

1　日本的一里约等于四公里，所以两里路还是比较远的。

前。“山城屋”这个字号，跟我家附近勘太郎家的当铺倒是一模一样，有点意思。

进了旅馆，我被带进楼梯下面一间黑咕隆咚的小屋子，里头又闷又热，简直不是人待的。我说我不住这儿，女侍却说别处都满了，没法安排。说完，将我的包“砰”地一扔就自顾走了。没法子，我只得进屋，淌着汗强忍着。过了一会儿，说是可以洗澡了，我去浴室后，“扑通”一声跳进池里，三下五除二，很快就上来了。回房间时一路上偷眼瞧了瞧，只见凉快的房间好多都空着呢。这儿的人真是太不地道了，竟然当面说谎。接着，女侍就将晚饭端了进来。要说这屋子是闷热了点，可这饭菜倒比我寄宿那会儿好吃多了。女侍在一旁伺候着，跟我搭讪，问我从哪儿来，我就告诉她是从东京来的。她又说：“东京是个好地方吧？”我回答道：“那还用说？”吃过晚饭，女侍收拾碗筷回厨房时，外面传来了一阵哄笑声。百无聊赖的我早早就睡下，可怎么也睡不着。这儿不光是热，还吵得慌，嘈杂程度足有原先寄宿处的五倍。我迷迷糊糊地睡着后，梦见了阿清婆，她正狼吞虎咽地吃着越后竹叶糖，连裹着糖的竹叶都吃了下去。我劝她竹叶不要吃，有毒。她却说：“不碍事，这竹叶是药啊。”吃得津津有味。我拿她没办法，哈哈大笑着就醒了过来。这时，女侍正打开防雨的套窗，我探头一望，见天空瓦蓝瓦蓝的，看来今天又是一个晴空万里的好天气。

我曾听人说，出门在外，是要给人家一点“茶钱”的，不给茶钱会遭人慢待。这店里的人之所以要将我塞进如此狭小的房间，恐怕就是我没给茶钱的缘故吧。他们见我身上穿得寒碜，所带的行李也只有两只帆布包和一把棉缎面的伞，就以为我给不起茶钱了。好你们这些个乡巴佬，真是狗眼看人低。待会儿我偏要多多地给，吓死你们。别小瞧人，我可是揣着付完学费还富余的三十块大洋出东京的。刨去火车票、船票以及杂七杂八的费用，兜里还有十四块呢。再说马上每个月都会有工资了，这十四块大洋就算全给了你们也没什么关系。不过乡巴佬终究是乡巴佬，用不了十四块，给个五块钱肯定已经吓得他们眼珠子直打转了，等着瞧吧！拿定主意后，我便若无其事地洗了脸，回房间等着。不一会儿，昨晚来过的那个女侍就将早饭端来了。我吃饭时，她端着盘子在一旁伺候着，脸上露出怪模怪样的嬉笑。好你个不懂规矩的乡下娘们，我脸上又不在出庙会，看什么看！再怎么说，也比你这娘们的嘴脸好看多了。原本想吃完了早饭再给茶钱，可既然她惹毛了我，就顾不上那么多了。我放下没吃完的半碗饭，掏出一张五元的钞票递给她，跟她说待会儿拿到账台去吧。这娘们即刻表现出一脸怪相。之后，我吃完早饭，马上去要学校。临出门时一看，发现他们竟然没给我擦亮皮鞋[1]，真是岂有此理！

学校的大概位置我心里有数，因为昨天坐着人力车已经去过一次。走过几条街，拐过两三个十字路口之后，很快就来到学校门口。朝里边望去，只见从大门一直到校舍的入口处，一路都铺着花岗石。我还记得昨天人力车在这石板路上轧过时"嘎嘎"地闹出了很大的动静，叫人受不了。继续向里走，一路上遇到了许多身穿小仓料子[2]制服的学生，都是从这道门里进来的，其中有些个子比我还高，犟头犟脑的，颇为强悍。一想到以后就要教这些家伙了，心里还真不是滋味儿。

递了名片之后，我被领进校长室。校长是个胡须稀疏、皮肤黝黑、山狸一般的家伙，眼睛很大。他对我说了句"好好干吧"，便一本正经地将一张盖着大印的任命书递给我。后来回东京时，这张任命书被我揉作一团扔进了大海。这是后话。

校长说待会儿给我介绍其他教员时，我要向他们一一展示这张任命书。真是多此一举。与其这么麻烦，还不如将任命书在教员休息室里张贴三天呢。

要等到第一节课的喇叭吹响，教员们才会在休息室里聚齐。现在时间还早着呢。校长掏出怀表看了看，说：

1　按照当时的习俗，旅店有义务给客人擦亮皮鞋。"少爷"刚才又给了小费，以为自己的待遇肯定会得到改善，所以才留心看了一下皮鞋。

2　产于福冈县小仓地区的棉布，以结实耐磨著称。

“以后有时间还会慢慢跟你讲，现在先了解个大概吧。”

接着他就长篇大论地说了一通教育之精神。我自然是心不在焉地胡乱听着，心想：好嘛，我怎么到了这么个要命的地方呢？因为校长所说的，我是无论如何也做不到的。他竟然冲着我这么个炮筒子脾气的人，说什么一定要成为学生的模范啦，成为一校之师表啦，一定要成为一个不仅能教书，还能育人的教育家——一下子提出了许许多多额外的要求。也不想想，倘若真是如此了不起的人物，会为了四十个大洋千里迢迢跑到这种穷乡僻壤来吗？

我想人都是差不多的，光起火来谁都会吵上一架。可要是照这个样子，不是连话都不能随便多说一句，散个步也不成了吗？既然是如此高难度的活儿，那雇我之前就该一是一、二是二地把话挑明了才对嘛。我是最讨厌说空话的，心想：罢了！既然被骗到这儿，干脆一咬牙一跺脚，痛痛快快地掼纱帽回东京去吧。可又想，刚才不是给了人家五块钱茶钱了吗？如今兜里只有九块，靠着区区九块钱可回不了东京呀。唉，刚才要是不给茶钱就好了，真是追悔莫及。可即便仅剩这点钱，也不见得就不顶用吧。旅费不足又怎么了？总比撒谎强得多。于是我明明白白地跟校长说：您说的那些，我是做不到的，这任命书还是还给您吧。校长眨巴着那对山狸眼睛看了我一会儿，然后说道：“我刚才说的是对你的期望，我也知道你不可能都做到，不用担心。”说着，他竟笑了起来。好你个山狸！早知如此，刚才又何必要吓唬我呢？

就在这东拉西扯的当口儿，喇叭响了。教室那边一下子嘈杂了起来。校长说了声“应该都到齐了吧”便走了出去，我也紧随其后，来到了教员休息室。

这是个狭长的大房间，靠墙的四周摆着办公桌，老师们一个个坐在桌前。见我进屋，大家都不约而同地盯着我，你说怪不怪？我又不是耍猴的，有什么好看的！

接着，我便按照校长刚才吩咐过的那样，走到每个人面前，出示任命书并一一打招呼。他们多半只是站起身对我弯弯腰，也有几个地道的，接过任命书看一眼，再煞有介事地还给我，简直跟演草台班子戏似的。转到第十五位体操老师跟前时，我已有些不耐烦，因为同样的事情已经重复好多遍了嘛。对方只需做一次，我却要来上十五次，总该体谅一下不是？

在打过招呼的人中，有一位是教头[1]，据说这家伙还是个文学士。既然是文学士，那肯定是大学毕业生[2]，也就是了不

---

1 日本学校特有的职务，是校长之下的第二号人物。

2 《少爷》发表于明治三十九年，当时日本只有“帝国大学（即后来的东京大学）”和“京都帝国大学（即后来的京都大学）”。“京都帝国大学”是在“帝国大学”之后成立的，那时才成立了9年，故日本研究者认为，此人应该是“帝国大学”毕业的，在当时可称为凤毛麟角。

起的人物了。可说起话来却像个娘们，细声细气的。更令人吃惊的是，这么热的天，他竟然穿着一件法兰绒的衬衫！且不管这料子有多薄吧，穿在身上肯定是热得不行。是不是当了文学士，穿衣服就得这么受罪呢？更吓人的是，那还是件红衬衫。后来我听说，这家伙一年到头都穿红衬衫，该不是得了怪病吧？据他自己说，红色有利于健康，是十分卫生的颜色，所以特意定做了红衬衫。看来是我杞人忧天了。既然如此，连大褂、裙裤都弄成红色的，岂不更好？

还有个姓古贺的英语老师也有些特别。他的特别之处在于面无人色，苍白不堪。大凡脸色苍白之人，都是消瘦的，可这家伙却又白又肿。以前念小学那会儿，同学中有个浅井家的阿民，那家伙的老子就是这种脸色。浅井家是农民，我就问阿清婆，是不是农民都长着那么一张脸。

“不是的。”阿清婆告诉我说，“那是因为那人净吃老秧子南瓜，脸蛋子才又白又肿。”

后来，我凡是看到又白又肿的人，就心想，准是吃老秧子南瓜吃的。所以，这个英语老师肯定也爱吃老秧子南瓜。其实，要说这“老秧子南瓜”到底是什么玩意儿，直到今天我也没闹明白。问倒是问过阿清婆，可她老人家笑而不答，估计她也不太明白吧。

下面就要说到跟我同为数学老师的堀田了。这家伙生得壮实，寸头，一脸的凶相，活像个叡山恶僧[1]。我郑重其事地捧着任命书给他看，他却瞧也不瞧一眼，说了句："哦，你就是新来的。好啊，有空来玩。哈哈哈。"怎么就"哈哈哈"了？如此粗野无礼，谁会上你那儿去玩？我当场就给这个寸头取了绰号——"豪猪"。

教汉文的不愧是位知书达理的先生，一见面就聊上了：

"您是昨天刚到的？一定很累了吧。即刻就要开课？真够勤勉的……"

真是个有人缘的老爷子。

绘画老师则完全一副艺人腔，穿一件轻飘飘的薄纱外褂，手里的折扇一会儿打开，一会儿合上，啪啪作响，口中敷衍道："贵乡何处？哎？东京？好开心！我有伴了……哦，您别瞧咱这模样儿，咱也是'江户哥儿[2]'哩。"

江户哥儿要都跟你似的，那我宁可出生在别的地方。

还有许多人呢，如果也这么一个个写下去的话，可就没完没了了，还是就此打住吧。

1　叡山即京都市东北处的比叡山。山上有天台宗总本山延历寺。平安时代，该寺蓄养僧兵，凶悍异常，无法无天。白河天皇有句名言，称"贺茂川之水、双六的赌局与山法师，天下间唯有这三件事不如我意"，其中的"山法师"指的就是比叡山的僧兵。

2　指土生土长的江户（东京）人。从江户时代起，江户人就给人以既风流潇洒、重义轻财，又油嘴滑舌、办事不牢的印象。

跟大伙儿见面打招呼基本结束后，校长说："今天可以回去了，课程上的事让数学组的主任跟你交一下底，后天开始上课。"数学组的主任到底是谁呀？我问了一下，原来就是那头豪猪。真是晦气，怎么就偏巧在他手下干活儿呢？我不由得大失所望。豪猪似乎满不在乎，对我说：

"喂，你住哪儿呀？山城屋？好咧，待会儿找你去。"

说完，他拿起粉笔去教室上课了。身为主任却主动上门来找我商量，可见这豪猪是个不自重的家伙。不过总比让我上他那儿去强，这点他还是挺够意思的。

之后，我便出了校门，本想立刻回旅店去，转念一想，回去也无事可干，还是去镇上逛逛吧。于是我信马由缰地迈开了脚步。一会儿，我看到了县厅，一幢建于19世纪的建筑；看到了兵营[1]，不过没有麻布联队[2]的兵营气派；也看到了主干大道，可宽度只有神乐坂[3]的一半，街景也差远了。可见二十五石大名的城下町也不过如此。我心想，住在这种地方却还自吹什么藩主脚下臣民[4]，并且沾沾自喜，真是可悲啊。

1　当时的松山城中驻扎着日本陆军的步兵第十二联队。

2　"麻布"指东京都的麻布区。当时，那里驻扎着日本陆军第三联队。当时的东京，除了该联队外，还驻有第一、第二联队和近卫联队。

3　位于东京都的新宿区。其时，夏目漱石的家也在新宿区。

4　在江户时代松山藩是四国的大藩，藩主又是德川家的亲戚，故当地人会有一种自豪感，但在东京出生的少爷看来，这种自豪感十分可笑。

正寻思着，不知不觉已经来到山城屋的大门前。这小镇感觉上很大，实际并非如此，我随便一逛，就看得八九不离十了。好吧，那回去吃饭吧，这么想着，我走进了旅馆的大门。

坐在账台里的老板娘一看到我，赶紧跑出来迎接，嘴里说道：

“啊呀，您回来了……”

一边跪着将脑袋磕到地板上。我脱鞋进屋后，女侍过来说“有房间空出来了”，不由分说便将我带上了二楼。我一看，这是楼上临街的大房间，足有十五叠大，还带一座大壁龛。我自打从娘肚子里出来，从未睡过如此气派的房间，也不知道以后何时再能睡。不管了，我脱了西服，换上旅店的浴衣，在房间正中间躺成一个“大”字。啊，真舒服！

吃过午饭，我开始给阿清婆写信。

我其实非常讨厌写信，因为我的文章水平很臭，汉字也掌握得不多，而且以前要写也没处可写。然而，阿清婆一定很担心我，要是以为我轮船遇难死掉了，那就糟了。所以我打点起精神，努力给她写了封长信。内容是这样的：

昨天我已抵达目的地。这地方很糟糕。我睡在十五叠大的房间里，给了旅店五块钱的茶钱，老板娘对我叩头谢恩。昨晚没睡好，梦见您老人家吃竹叶糖来着。明年夏天我会回来。今天去学校后我给教工们全都取了绰号。校长是“山狸”，教头是“红衬衫”，英语老师是“老秧瓜”，教数学的是“豪猪”，教图画的是“马屁精”。

今后我还会给您写信。再见！

写完信，心中十分舒畅，不想睡意也上来了。于是我再次在房间的正中央摊手摊脚地躺成一个“大”字。这次睡得很沉，什么梦都没做。

“就是这个房间吗？”

有人粗声粗气地说着话，把我惊醒了。一看，原来是豪猪来了。

“啊呀呀，刚才真是对不住得很。其实，你要上的课是这样的……”

我这才刚刚睁开眼呢，这家伙直接开始谈工作，搞得我十分狼狈。听了他所说的课程内容，似乎也没什么难的，随口答应了。像这种课，别说后天了，就是叫我明天上课又有什么好慌张的？谈完课程之后，豪猪又说：

“总不能老住这种地方呀，我来给你找个好人家，还是搬去寄宿吧。别人去说或许不管用，凭我的面子立马就能搞定。这事儿宜早不宜迟，今天先去看一下，明天就能搬过去，后天到校上课，这不正好吗？”

这家伙竟然自作主张替我全都安排好了。想想也对，我总不能老睡这个十五叠大的房间里啊，不然每个月的工资恐怕还不够付房钱呢。刚刚赌气给了五块钱的高额茶钱，现在马上就搬走，确实叫人舍不得。可又想，迟早要搬的话，自然还是早点搬完、尽快安顿下来的好。于是我对豪猪说：

“那就拜托了。”

紧接着，我便随他去看房。他说的好人家在城市边缘处，屋子建在半山腰，十分幽静。房东是个贩卖古董的，叫做“依尬银”，老婆比他还要大四岁。记得上初中时学过一个叫做“Witch[1]”的英文单词，这个老太婆就活像个Witch。管她Witch不Witch的呢，反正是人家的老婆，跟我又有什么关系呢？最后说好明天搬过来。

回程中，豪猪在大街上请我吃了一碗刨冰。在学校里第一眼看到他时，我以为他是个傲慢无礼的家伙，如今却处处替我着想，可见人不可貌相。这家伙应该还不错，只不过跟我一样，也是个炮筒子脾气。后来听说，他还是最受学生欢迎的老师呢。

---

1 巫婆。

三

终于，我去学校上课了。第一次登上教室里那高出一阶的讲台时，总觉得怪怪的。就是在讲课中，我心里还是在嘀咕：我真做得了人家的老师吗？

学生们一刻也不消停，时不时还拔高了嗓门喊一声“老师”，真叫人受不了。以前在物理学校读书那会儿，我也整天“老师、老师”地喊，但叫人家老师和被人家叫做老师可有着天壤之别，后者听得我脚底心发痒。我这人并不小心眼儿，胆子也挺大，就是缺少定力，尤其是听到学生大声喊我“老师”时，那感觉就像肚子正饿时听到丸之内[1]的午炮[2]，心里慌着呢。

第一节课，马马虎虎也就对付过去了，反正学生们没提出疑问。回到休息室后，豪猪问我怎么样，我简单地回了一

1　地名，在东京都千代区皇宫的东边，明治初期为军用地。

2　正午时分放的报时炮声。日本在明治四年（1871年）到大正十一年（1922年）实施鸣放午炮的制度。

声“嗯”，他似乎也就放心了。

拿着粉笔去上第二节课时，心中忽然产生了一种闯入敌方阵地的感觉，因为这个教室里的学生个个都比刚才那个班的高大。我是个“江户哥儿”，生得小巧玲珑，即便登上了高出一阶的讲台也没什么威严。要说打架，不论是谁放马过来，我倒可以跟他摔上一跤，可要我单凭一条三寸不烂之舌摆平这四十来个傻大个，我哪有这能耐呢?

不过呢，我可不能在这些乡巴佬面前露怯，否则会被这帮小子永远看不起。于是我尽量扯开喉咙，稍稍卷起舌头，用最得意的江户调[1]开讲了起来。一开始这帮小子听得如坠五里雾中，全都愣住了。“怎么样，傻眼了吧？”我正暗自得意，操起地地道道的东京腔来的时候，第一排正中间一个看来最为刺儿头的家伙忽地站起身来叫了一声：“老师！”

哦，来了，我心想，你尽管放马过来好了。于是我问：

“怎么了？”

“您的话也忒快了点儿，听不清哪。能放慢那么一点儿吗那摩西[2]？”

1　自以为潇洒的“江户哥儿”在跟人争吵或说俏皮话的时候，会运用卷舌音。但在外地人听来就是油腔滑调，十分反感。

2　“那摩西”是日本四国方言中的尾腔，没有实际含义。

“能放慢那么一点儿吗那摩西？”——这算什么蔫不拉儿的鸟话？我回答道：

“如果嫌快，我就讲慢一点。可我就是‘江户哥儿’，不会说你们的这种话。听不懂就耐心听，直到听懂为止！”

这下子可把他们给镇住了，结果第二节课上得出乎意料的顺利。

可在下了课刚要离开教室时，有个家伙叫住了我，说：

“老师，能帮俺讲下这道题吗那摩西？”

我一看，后脊梁上就爬冷汗了：是道几何题。而且，我不会！

没法子，我只得扔下一句“我也不懂，下次再教你吧”便赶紧开溜。谁知这下子炸开了锅。只听得身后“哇——”地响起一片起哄声，还夹杂着“不懂，扑通；扑通，不懂”的嘲弄声。混蛋！老师就该什么都懂吗？有什么可大惊小怪的？我要连这个都懂了，还会为了四十个大洋跑到你们这种穷乡僻壤来吗？

回到休息室，豪猪又问这次怎么样，我又“嗯”了一声，可觉得光是“嗯”一声还不解气，就添了一句：

“这儿的学生有点拎不清。”

豪猪露出莫名其妙的表情。

之后的第三、第四节课以及下午的第一节课都大同小异。总的来说，第一天我在各个班级所上的课，全出了点小纰漏。我感觉这老师要真干起来，倒也不像看着那么轻松。

学校规定，课上完之后，老师不能马上离校，必须一直待到下午三点。说是到时候，各分管班级的学生在打扫完教室后会来汇报，教师要前去检查，再对一遍点名簿，然后才能回去。虽说我是你们花钱雇来的，可明明没什么事也得待在学校里，跟桌椅板凳干瞪眼，也太霸道点了吧。转念一想，其他人也都安分守己地待着，我初来乍到就耍性子也不太好，所以只好忍着了。

回家路上，我跟豪猪说：

"也不管有事还是没事，硬把人留到三点钟，这也太傻了吧。"

豪猪说了句"就是嘛"，然后一阵大笑。紧接着，他就颇为严肃地对我说：

"我说，你可不能随便说学校的坏话哦，要说就对我一个人说。因为学校里颇有些小人，不得不防啊。"

他似乎是在向我提出忠告。然而到了十字路口，我们就各奔东西了，所以没来得及细问。

回到寓所，房东立刻跟了进来，说要喝杯茶。我心想既然是你提出要喝茶，那自然是你泡完茶请我喝了，谁知满不是这么回事儿，是他拿我的茶叶泡完自顾自喝上了。看他这熟门熟路的架势，恐怕我不在家时也没来少喝吧。

关于他的生意，照他自己的说法，一开始只是对书画之类的古董感兴趣，后来才悄悄干起了买卖。他还动员我说：

“我看你也是个极其风雅的人啊，怎么样？也搞点古玩消遣消遣吧。”

也不知他这算什么眼神儿。两年前，人家托我点事，去了趟帝国饭店，结果被误认为修锁的铜匠；去镰仓看大佛时，只因身上兜着一条毛毯，被人力车夫称作“老大”。除此之外，被人看走眼的事情还多着呢，但说我风雅的一个也没有。大凡风雅之人，从其穿着打扮上就能看出来。从画上看，他们不是头戴方巾，就是手里攥着诗笺。可见一本正经说我是风雅之人的家伙，肯定别有用心，并且心眼不是一般地坏。

我告诉他，我讨厌这种没事干的老头才会把玩的东西。房东听完，呵呵地笑着说，谁都不是从一开始就喜欢的，只要入了道，想不干都欲罢不能了。说着，他又独自斟上茶，用怪模怪样的手法喝了起来。

其实，这茶叶是我昨晚托他买来的，泡出来的茶又苦又浓，我不喜欢，觉得只要喝上一杯，胃里准出事儿。于是我跟他说，以后别买这么苦的茶叶，他应了一声“遵命”，又自顾自斟上一杯喝了。反正是别人的茶，不喝白不喝——这小子准是这么想的。

房东走后，我准备了一下明天的课，早早就睡了。

之后，我一天天去学校按部就班地上课，一天天放学回家后，房东都会来“喝杯茶”。这么过了一星期左右，学校的情况我已大致了解，与此同时，房东夫妇的为人也略知一二了。

听其他老师说，在接受任命的一星期到一个月之间的时间里，新老师往往会十分在意别人对自己的看法，可我一点儿都没有这种感觉。有时候上课出了点纰漏，心里自然会不痛快，可那只是一会儿的事情，隔上三十来分钟我就忘得一干二净了。我这人就是这样，不论什么事儿，想要把一件事挂念久一点，也是做不到的。课堂上所出的纰漏到底会给学生带去什么样的影响，以及这种影响在校长和教头那儿又会有怎样的反应，我毫不关心。就像前面说过的那样，我这人虽然没什么定力，却十分想得开。思想准备早就做好了，要是这所学校不行，我立马走人，另找地方就是。所以，山狸也好，红衬衫也罢，我一点儿也不怕，更别说课堂里那些小家伙了，要我去巴结、讨好他们，门儿也没有。

学校那头倒也好办，反而是寓所这边有些麻烦。房东要是仅仅来喝喝茶倒也罢了，可他还拿各种东西来兜售。最初拿来的是用来刻图章的印材，一下子就在我跟前排开十来个，说这些总共只要三块钱，便宜，你就买了吧。我说我又不是走乡串村的蹩脚画师[1]，要这种东西干吗？

后来他又拿来华山啦什么人的花鸟挂轴，自说自话将其挂在壁龛里，说：

“这画挺好的吧？”

我随随便便应了一声“哦，是吗”，谁知他立刻打开了话匣子，说什么华山一共有两个，一个叫什么华山，另一个又叫什么华山[2]，这幅挂轴就是那个华山画的。啰里啰唆讲解了一大通，最后露出了原形：

“怎么样？你买的话算便宜一点，只要十五块。机不可失，快买了吧。”

我说没钱，他还不肯罢休，说钱不是问题，随你什么时候给都行。最后把我给逼急了，说有钱我也不买！这才将他打发了出去。

再后来他又抱来一方足有鬼瓦[3]大小的砚台，说是正宗的端砚。端砚就端砚吧，这家伙却一连说了两三遍。我觉得挺有意思，就随便问了一句：“端砚是个什么玩意儿？”这下

1　印材跟蹩脚画师到底有什么关系，日本的研究者也还没搞清楚。或许蹩脚画师要冒他人之名卖画，经常要刻假冒印鉴吧。

2　有名的画家中有渡边华山（1793—1841年）和横山华山（1784—1837年），均为江户末期画家。

3　扣在屋脊两端的大瓦，一般都制成鬼头怪脸形状。

子他可来了劲儿，立刻滔滔不绝地讲解起来。什么端砚又分为上中下三层，如今市面上的都是上层货，不过这一方可是中层。

“你看这眼[1]。有三个眼的端砚是极为少见的。发墨又好，简直没话说。来，你试一下。”

说着就将那个大砚台推到了我的跟前。

我问他这到底要多少钱，他说本主是从支那[2]带回来的，急着要脱手，可以便宜点，给三十块就好。这家伙真是个异想天开的疯子。

看来，学校那头还对付得过去，跟这个古董疯子我可处不长。

然而没过多久，学校那头也让我不堪其扰了。

一天晚上，我在一个叫做大町的地方散步，看到邮局隔壁的店铺招牌上写着“荞麦”，不仅如此，下面还特意加了“东京”二字。

1　端砚纹理的一种。“眼”即指“石眼”花纹，“眼”越多越好。

2　“支那”起源于印度。古代印度人称中国为“chini”，据说是来自“秦”的音译，中国从印度引进梵文佛经以后，把佛经译为汉文，于是高僧按照音译把chini翻译成“支那”。本书写于1906年，当时我国还是“大清”，“中国”这样的简称尚未出现，所以作者称我国为支那并无蔑视之意。但1911年成立了中华民国之后，就有了“中国”这个简称，从那时起再称我国为支那就带有蔑视之意了。

我是个见了荞麦面就不要命的人，在东京时每次从荞麦面店门前走过，只要闻到里面飘出的佐料香味，就忍不住要掀开门帘进去一饱口福。来到这里后，一直被数学和古董闹得头昏脑涨，竟然将荞麦面抛在脑后了。当时我心想，既然被我看到了，又怎能白白放过呢？那好歹进去吃上一碗吧。可进门一看，满不是招牌上写的那么回事儿。

既然招牌上写了“东京”二字，那就该搞得干净一点、漂亮一点才对呀。也不知道是不了解东京，还是缺乏资金，反正店里邋里邋遢、一塌糊涂。榻榻米不仅变了色，上面还有沙子，毛毛糙糙的极不光洁。墙壁给煤烟熏得一片漆黑。天花板岂止是被熏黑，还低压压的，叫人见了忍不住要缩紧脖子。只有那张写着荞麦面名称的价目表是全新的，十分醒目。看这模样，就像是临时买下了旧房子，两三天之前刚开张似的。

价目表的第一行写的是天妇罗荞麦面，于是我大声吩咐道：“来一碗天妇罗！”谁知这么一出声，原先在角落里“哧溜溜”吃着面的三个家伙一齐扭过头来。屋子里很暗，所以刚才没注意到他们，现在打了照面才发现，这三个都是我学校里的学生。他们跟我打了招呼，我自然也寒暄几句。

由于好久没吃荞麦面了，那里的面又做得不错，故而我那天晚上放开了肚皮，狼吞虎咽地干掉了四碗。

第二天，我跟往常一样，毫不经意地走进了教室，却见黑板上满满当当写了五个大字：天妇罗先生。我看到后不由得一愣。学生们见了，“哇——”的一声哄堂大笑。

我气不打一处来，高声问道：

“吃个天妇罗面又有什么可笑的？”

谁知底下有一个家伙应道：

“可是连吃四碗也太多了点吧那摩西。”

反正我花的是自己的钱，吃四碗也好，吃五碗也罢，关你们屁事！我三下五除二，干净利落地讲完课，就回到了休息室。

过了十分钟，我走进另一间教室，只见黑板上写着：许吃天妇罗四碗，不许别人嘲笑。

如果说刚才我还不怎么生气，这回可真是火冒三丈了。开玩笑也得有个分寸不是？过了分寸就不是开玩笑，而是恶作剧了。这就跟烤年糕似的，年糕烤熟了自然好吃，可烤煳了就不招人待见了嘛。要不说乡巴佬不懂分寸呢，只会一个劲儿地瞎胡闹。不过也难怪，住在这种一个钟头就能跑遍全镇的小地方，外头什么消遣都没有，出了个“天妇罗事件”就当作日俄战争似的说个没完。可怜哪！从小受的就是这样的教育，心灵都扭曲了，一个个全像盆景里的枫树，成了七扭八歪的小人。倘若是出于天真无知，我跟着一起笑笑也没什么关系，可你们来这一手，算怎么回事儿呢？小小年纪，竟然就如此阴险恶毒。

我一声不吭地将“天妇罗”擦掉，回过身来说：

“你们搞这种低级恶作剧觉得好玩吗？这是卑鄙下流的胡闹！卑鄙下流。你们知道什么是卑鄙下流吗？”

底下有个家伙答道：

“被人一笑就光火，这就叫卑鄙下流吧那摩西。”

可恨！

想想我大老远特意从东京跑来，竟然就为了来教这帮家伙，真是吃饱了撑的。我大吼一声：

“别强词夺理！好好听课！”

接着便自顾自上课了。

到另一间教室去上下一堂课时，只见黑板上写着“吃了天妇罗，就爱强词夺理”。还真是没完没了了！我实在气得不行，扔下一句“我可教不了你们这帮捣蛋鬼”，“噔噔噔”一口气跑回了家。后来听说由于突然放了课，学生们非常高兴。要这么看来，比起学校这头来，古董疯子还算是好对付的呢。

回去睡了一晚后，因天妇罗荞麦面而惹出的气恼就烟消云散了。第二天到校一看，学生们也都照常来上课。嗨，这算是什么事儿呢？

之后的三天都风平浪静。第四天的晚上，我在一个叫做“住田”的地方吃了米粉团子。

住田是个有温泉的小镇，从城下町坐火车过去只要十来分钟，倘若步行，走上三十来分钟也就到了。那儿有饭店，有温泉旅馆，有公园，还有红灯区。我去的团子店就在红灯区的入口处。那家的米粉团子十分出名，所以我泡过温泉往回走时，顺便进去尝了尝。

这次没遇见一个学生，我心想，这下总该平安无事了吧。谁料想第二天到了学校，走进第一堂课的教室，就看到黑板上大大地写着“团子两碟七分钱”。

是的，一点儿没错，我是吃了两碟团子，付了七分钱。这帮家伙还真是无孔不入，简直叫人不胜其烦。

去上第二堂课的路上，我心想这次肯定也会写点什么的吧。走进教室一看，果不其然，黑板上写着“红灯区的团子好吃好吃真好吃”。真是不可救药!

米粉团子的事儿刚过，又拿我的红毛巾开涮起来。这事儿说起来也是够无聊的。

我来这儿以后，每天都要去住田洗温泉。虽然别的方面与东京相比全都望尘莫及，唯有这温泉还挺像样。我心想，既然来了，就每天过去洗洗吧，正好在晚饭前活动活动。我每次去，都会提溜着一条西洋式的大毛巾。那毛巾原本有红色的条纹，被洗澡水一泡就洇了，乍一看，整条毛巾都成了红色。我呢，无论是去还是回来的时候，无论是坐火车还是走路的时候，总是提溜着这条毛巾。据说就因为这个，学生们就“红毛巾、红毛巾”地叫我。可见只要住在这种小地方，怎么着都不让你消停。

还有呢。

那温泉浴室是一幢新盖的三层楼，里面的消费分几个等级。头等的可以借浴衣，连洗澡带搓背只要八分钱，还有女侍用天目茶托[1]端茶伺候。所以我总是洗头等的。谁知这么一来又有人说闲话了，说我工资只有四十元却每天都洗头等温泉，太奢侈了。真是狗拿耗子多管闲事！

这还不算完。

那里的浴池是用花岗岩砌成的，足有十五叠那么大。平时总有十三四人浸泡在池子里，可也有空无一人的时候。池子里的水深可及胸，在这温泉水中游泳当作体育锻炼，是十分惬意的。

我瞅准了没人的当口儿就在这十五叠大的浴池里来回游泳，好不畅快。

然而好景不长，有一天我从三楼“噔噔噔”地跑下来，

1　一种放置天目茶碗的碟子。天目茶碗因浙江天目山的寺院里常用而得名。

正寻思今天不知道能不能游泳，结果来到石榴口[1]一看，只见大木牌上贴着告示，上面又粗又黑的字写着：“浴池中不得游泳！”

浴池中原本就没什么人游泳，看来这告示是特意为我而设的亦未可知，于是也就断了游泳之念。尽管游泳没游成，到校上课时，却见黑板上又写了字：“浴池中不得游泳！”

这下可叫我吃惊不小：看这架势，似乎全体学生都在跟踪打探我一个人似的。

郁闷！太郁闷了！

当然了，我要干什么还是照干，绝不会因为学生们的流言蜚语而善罢甘休，只是自己觉得太窝囊了：好端端的干吗非要到这种碰鼻子撞脸的小地方来呢?

学校里是这么个状况，回到家里则又要抵御古董狂人的进攻。

1　日本旧式澡堂中必须弯下腰才能进出的通往浴池的出入口。这是为了不使浴池中的蒸汽跑掉而使水变凉，故意将门楣做得很低。

四

学校有所谓的值宿制度，老师们都要轮着值夜班，不过山狸和红衬衫属于例外。为什么他们俩就可以免除这一义务呢？我打听了一下，说他们是享受奏任[1]待遇的，所以不用值夜班。嗨，这可有点意思啊。工资拿得多，上课上得少，还不用值夜班，天底下还有比这更不公平的事儿吗？他们随心所欲地搞出一个规章制度，然后就可以摆出一副天经地义的姿态来了。如此厚颜无耻，也亏他们做得出来。我于此自然是大为不平的，然而用豪猪的话来说，胳膊拧不过大腿，光是一个人愤愤不平顶个屁用。可我就是不服气，一个人怎么了，不管是一个人愤愤不平，还是两个人愤愤不平，只要正义在手，就有管用的可能。豪猪随即又引用了一句英文"Might is right"来告诫我，我一时摸不着头脑，便问他这是什么玩意儿，他说是"强权即公理"的意思。嗨，这个道理我早就懂了，还用得着豪猪解释吗？问题是，"强权即公

1　日本战前官吏任命形式之一，基于内阁总理大臣奏荐，经天皇敕裁任命。

理”跟值夜班又有什么关系呢？不沾边嘛。再说了，山狸和红衬衫就能代表“强权”了吗？谁承认了？

不过呢，议论归议论，这夜班终于也轮到我头上了。

我这人有个怪毛病，晚上睡觉一定要睡自己的那床被褥，不然就怎么也睡不踏实。从小时候起，我几乎从未在朋友家里过夜过。既然在朋友家过夜都不愿意，睡学校的值班室自然就更讨厌了。可毕竟夜班也算在那四十块钱的工资里头的，不干的话又有什么办法呢？废话少说，还是强忍着性子委曲求全吧。

老师和学生全都回家后，偌大的校园空空荡荡，就我一个人傻坐着，简直是无聊透顶。值班室位于教室后面寄宿宿舍西边的尽头处。我先去瞧了一眼，见屋子完全暴露在西晒的阳光之下，闷热异常，根本没法待。要说乡下就是乡下，明明已经是秋天了，这暑热就是赖着不肯走。

晚饭跟学生吃了一样的伙食，别提有多难下咽。那帮家伙吃这么难吃的东西居然还有力气使劲儿捣乱，真是服了他们。更何况下午四点半就早早把晚饭给解决了，由此可见，他们个个都是精力充沛得无处发泄的英雄好汉。

吃过了晚饭，可日头却依旧挂得老高，总不能马上就睡觉吧，于是我想到先去洗个温泉。值班的时候能不能擅自外出，我可不知道，反正要我跟吃官司似的什么都不做，我可受不了。再说，我第一次来学校时问起值班老师，那校工不就说他有事出去了吗？当时自己还觉得这人不太靠谱呢，如今轮到自己头上，才知道绝对是情有可原的。出去才是正确的选择！

我跟校工说要出去一下，他问有什么事，我说没事，去泡个温泉，随即径自出去了。稍感遗憾的是，我那条红毛巾忘在寄宿处了，今天就借用一下浴室的毛巾吧。

到了温泉浴室，我不慌不忙地洗着，在浴池里进进出出折腾了好一会儿后，天色才终于暗了下来。于是我坐火车回来，在古町小站下车。从古町到学校总共只有四五百米，一抬腿就到。可刚走没几步，迎面就遇见了山狸。估计他也正是要坐火车去温泉吧，步履匆匆的，在即将擦身而过时打了照面，我只得跟他招呼了一声，谁知他竟然一本正经问我：

“你今天不是要值夜班的吗？”

什么是不是的，两小时前你不是还慰问我说：

“你今天是第一次值夜班吧？辛苦了。”

怎么着？做校长的说话就该这么拐弯抹角吗？我一听就来气了，回了他一句：

“是啊，就因为值夜班，这不正往回赶吗？放心，我会睡在那里的。”

说完，我抬腿便走，把他撂那儿了。

走到竖町的十字路口，又遇上了豪猪。嗬，要不说这儿是巴掌大的小地方呢，只要出门就必定遇上熟人。

“喂，你不是值夜班来着吗？”他问道。

“没错，我是要值夜班的。”我答道。

“值夜班还到处乱跑，不太合适吧？”他说道。

“有什么不合适的！不出来走走才不合适呢！”我盛气凌人地噎了他一句。

“你这么吊儿郎当可不好啊，要是碰到校长或教头可就麻烦了。”

他语重心长的发言，完全不是平日里的风格。我说：

“校长嘛，刚才已经遇见了。看到我散步他还夸我呢，说天这么热，不出来活动一下，值班也太受罪了。”

我不愿跟他多啰唆，扔下了这句，就大步流星地赶回了学校。

回到学校后不一会儿，天就黑了。我把校工叫来值班室，跟他天南海北地闲扯了两个钟头。后来也腻烦了。我心想，睡是睡不着，姑且先躺着吧。我换上睡衣，揭开蚊帐，将红色的毛毯掀到一边，然后“咚”的一声来了个屁股蹲，才仰面躺下。这是我打小落下的毛病，睡觉之前必定要“咚”地来上个屁股蹲。

我在小川町寄宿时住二楼，一楼住着个法律学校的学生，为这事曾提出过强烈抗议，说“这是个坏毛病”。这个学法律的家伙一副弱不禁风的样子，嘴巴却很能说，屁大点事儿，居然滔滔不绝说个没完了。

我说：“发出咚咚声响能怪我的屁股吗？分明是这房子的建筑质量差嘛。你要抗议就找房东抗议去，关我屁事！”

一顿抢白就将他给噎了回去。

不过，这间值班室可不在二楼上，随我怎么摔屁股蹲应该都没有后顾之忧。事实上如果没有痛痛快快地“咚”一下再躺平，我是找不到睡觉感觉的。

啊，真痛快呀！我躺下后，尽情伸直了双腿，谁知一伸腿，立刻就觉得有什么东西跳到了我的脚上，刺乎乎的，不像是跳蚤。我大吃一惊，双脚在毛毯下抖搂了两三下，可这么一来非但不管用，刺刺的玩意儿还迅速增多了。小腿上有五六个，大腿上有两三个，屁股底下“噗嗤”一声压扁了一个，还有一个径直跳到了我的肚脐眼上！——这可就越发吓人了。我立刻爬起身来，一把掀起毛毯甩到身后，只见从被窝里飞出了五六十只蚂蚱。不明所以的时候，心中难免有些惊慌，可一旦知道了是蚂蚱在捣乱，我的脾气就上来了。好你个小小的蚂蚱，竟然也敢来吓唬人，看我怎么收拾你们。我猛地抓起枕头拍打了两三下，但由于它们个头太小了，我使的劲儿不小，效果却不大。没办法，我只好重新坐回被褥上，像大扫除时卷起席子拍打榻榻米一样，在附近一带胡乱拍打了一阵。蚂蚱们受了惊，随着枕头的势头直往上蹦跶，刹那间撞了我一头一脸，肩膀上、脑袋上、鼻子上全都落满了蚂蚱。沾在脸上的蚂蚱自然不能用枕头来扑打，于是我用手抓起后再使劲儿扔出去。可恼的是，不管我怎么用力，蚂蚱撞上的都是蚊帐，而蚊帐只会轻轻一荡，并无强烈的反弹。蚂蚱撞上蚊帐后便沾在上面，竟然毫发无损。

折腾了半个钟头，才总算将蚂蚱消灭干净。我找来一把扫帚将死蚂蚱扫出去。校工问出了什么事，我怒斥道：

"还问我出了什么事呢！天下哪有在被窝里养蚂蚱的？混蛋！"

他申辩道："我可什么都不知道。"

"说声不知道就没事儿了吗？"

我将扫帚往廊檐外一扔，那校工便战战兢兢地扛着扫帚回去了。

我立刻让寄宿生派三个代表过来，结果一共来了六人。管你们是六个还是十个呢，难道还怕你们人多不成？我穿着睡衣，撸起袖筒子就跟他们开始了谈判。

"说！干吗要将蚂蚱放到我被窝里？"

"蚂蚱是个什么玩意儿？"最靠前的一个家伙说道，一副故作镇静的模样，叫人看着就来气。这个学校从校长到学生全都是一路货，说起话来喜欢拐弯抹角兜圈子。

“连蚂蚱都不懂吗？行啊，我就让你们开开眼吧。”

说是这么说，不巧的是刚才我打扫得太彻底，竟然连一只都没剩下。我叫来校工，吩咐他：

“快去把刚才的蚂蚱拿些回来。”

校工说：“已经扔到垃圾堆里去了，要捡回来吗？”

“快去呀。”

校工拔腿跑了出去，不一会儿用纸托着十来只回来了。

“对不住您了，黑灯瞎火的只捡到这么几只。明儿个天亮了，再给您多捡些回来吧。”

这校工也是个笨蛋！

我提溜起一只来给学生们看。

“看好了！这就是蚂蚱。长这么大个儿，连蚂蚱都不知道，像话吗？”

谁知话音未落，最靠左的一个圆脸蛋傲然反驳道：“您说的那玩意儿，是稻蝗那摩西。”

“混蛋！稻蝗也好，蚂蚱也罢，还不是一回事儿吗？你们跟老师说话也老是这么‘那摩西’‘那摩西’的，算是怎么回事儿？吃烤豆腐串的时候才就着菜饭[1]呢。”我反击道。

1　在日语中菜饭的发音与“那摩西”相近。

“‘那摩西’跟‘菜饭’可不是一回事儿呀那摩西。”

这帮家伙无论说什么都甩不掉“那摩西”，可恶！

“别管是稻蝗还是蚂蚱了，说！干吗要放到我的被窝里？难道是我让你们放的吗？”

“没人放呀那摩西。”

“没人放怎么会在我的被窝里？”

“稻蝗喜欢暖和的嘛。多半就是它们自个儿钻进去的那摩西。”

“胡说八道！蚂蚱自个儿钻进去？蚂蚱怎么可能自个儿钻进去呢？快说！干吗要如此捣乱？”

“什么快说慢说的，没干过的事情又怎么说呢那摩西。”

真是一帮阴险卑鄙的小人！既然不敢承认，那当初就别干呀。只要不是铁证如山，就拼命抵赖——很明显，他们就是这么想的。

我上初中那会儿也没少淘气，但受到追究时，逃避、退缩等卑劣行为是从未有过的。干了就是干了，没干就是没干，有什么好赖皮的？所以我再怎么淘气，内心依然洁白无瑕。倘若要靠说谎来逃避惩罚，那从一开始就别淘气呀。说到底，淘气跟受罚是密不可分的。应该说，正因为会受罚，淘气的时候才让人激动嘛。光想着淘气而不愿意受罚，这哪儿成呢？这分明是一种劣根性嘛。借了钱而不还，不就是这种家伙毕业后会干的事吗？

说到底，你们干吗来上学呢？你们以为在学校里弄虚作假，偷偷摸摸地搞些恶作剧，然后煞有介事地混个毕业就算是受了教育吗？大错特错！真是一帮不可理喻的小喽啰。

跟这帮家伙谈判简直让我恶心，于是我说：

“既然你们不肯说，我也不想问了。你们都是上中学的人了，却连高尚和卑鄙都分不清，真是太可怜。”

说完，我将这六个家伙赶了出去。

老实说，我的言谈举止算不上高雅，不过我觉得自己的内心要比这帮家伙高尚得多。

这六个家伙得意扬扬地走了。从表面上看，他们似乎比我这个老师厉害得多，实际上他们这种故作镇定的样子更让人厌恶。要说这种不动声色的心理素质，我还真没有。

之后，我便去铺上躺下了。经过刚才一番折腾，帐子里进了蚊子，嗡嗡嗡的，叫人心烦得不行。点起蜡烛一只只地烧死它们，这样的麻烦事儿我是干不了的。于是我摘了挂钩，将蚊帐叠成一长条，站屋子中央上下左右地奋力挥动了几下，钩环甩过来砸了我的手背，生疼生疼的。

第三次躺下，总算消停了，可我怎么也睡不着。一看钟，已经十点半了。我在内心琢磨，我怎么就跑到这么个鬼地方来了呢？转念一想，中学老师嘛，到哪儿不都得遇上这样的捣蛋鬼吗？可怜见的。不过中学老师也没见断货，看来这批人的神经特别粗大，都是些掼不坏、捶不烂的榆木疙瘩，看来我是比不上。

我又想到了阿清婆，她可真是了不起啊。你想呀，她只不过是个没受过什么教育，也没什么身份地位的普普通通的老婆婆罢了，可从人格上来看，却极为高尚。到目前为止，我已经受了她许许多多的疼爱，也没觉得她有多么可贵。如今背乡离井，来到了离家这么远的地方，这才体会到她的亲切和热忱。她说想吃越后的竹叶糖，即便我特意赶到越后去买了来给她吃，也完全值得啊。阿清婆说我不贪心，禀性耿直，还时不时夸我，其实，比起被夸的我来，这个夸我的人要出色得多啊。这样想着，我越来越思念阿清婆，恨不得马上就能见到她。

正当我为阿清婆辗转反侧时，突然，头顶上响起了震耳欲聋的跺脚声。就人数而言，大概有三四十个吧，“咚——咚——咚——”地相当有节奏，像是要把整幢楼给震塌似的。紧接着又响起了一阵与跺脚声不相上下的哄闹声。

我不知道出了什么事儿，吓得立刻跳起身来。刚一坐起来，心里忽然就明白了：哈哈，又是学生在捣乱。是对刚才那一出采取的报复行为。这帮家伙真是不可救药啊。你们知道吗？做了坏事就该承认，否则那罪孽是不会自动消失的。做了坏事，你们自己心里也明白，是不是？按理说，你们应该躺下后好好反省，明天一早前来认错、道歉，这才是正道。即便不来认错、道歉，也应该老老实实地、一声不吭地睡觉吧？可你们现在干的这叫什么事儿？这么个闹腾劲儿又演的哪一出呢？学校盖了宿舍是住人的，不是用来养猪的。装疯卖傻也该有个分寸不是？好吧，你们就等着瞧吧！

我穿着睡衣就冲出了值班室，三步并作两步冲上楼梯，一口气蹦到了二楼。然而就在这时，不可思议的事情发生了：刚才明明还在我头顶上乱蹦乱嚷的那群学生，现在却变得鸦雀无声了。别说嚷嚷声，连一丁点儿脚步声都没有。这可真是奇了怪，尽管已经熄了灯，四周漆黑一片，搞不清什么地方有什么东西，但有没有人还是能感觉到的。东西走向的长长走廊上，不要说人了，就连老鼠都没藏一只。走廊的尽头处有月光射入，遥遥望去，一片微明。

嗨，这可真是活见鬼了。

我小时候经常做梦。有时睡得好好的就跳起身来说梦话，为这事儿老被家里人嘲笑。十六七岁时，有一次梦见自己捡到一颗大钻石，我忽地一下坐了起来，问身旁的哥哥，刚才那钻石哪去了，据说那气势还颇有点儿咄咄逼人呢。结果被家里人当作笑柄足足说了三天，真让我无地自容。

今天会不会又是在做梦呢？不像啊，刚才确实有人在闹腾嘛。我正站在走廊中间寻思呢，走廊上月光照进的那头突然传来一声呐喊：“一二三，哇——”听起来足有三四十人在起哄。紧接着又像刚才那样，有节奏地齐刷刷跺起了楼板。看到了吧？不是我在做梦，确实有人在捣乱啊。

“安静！半夜三更的，闹什么闹！”

我也不甘示弱地大喊一声，立刻拔腿朝那边跑过去。脚下的这段路一团漆黑，只有走廊尽头处的月光在指引着方向。刚跑出一丈来远，小腿就撞上走廊正中的一个又硬又大的家伙，疼得我眼前金星直冒，身子也朝前摔了出去。

“混蛋！”

我恶狠狠地骂了一声爬起来，发现自己已经跑不动了，心里急得不行，可腿就是不听话。我气急败坏地用一只脚跳着过去一看，跺脚声、呐喊声全都消失了，四周静得吓人。

嘀，再怎么卑鄙无耻，也不能到如此地步吧？这还像人吗？简直就是一群猪！好啊，既然你们玩阴的，看我不把藏在阴暗角落里的家伙揪出来让他当面道歉就决不罢休！拿定主意后，我就要打开一间寝室进去搜查，可怎么也打不开。也不知是里面反锁了，还是用桌椅板凳顶住了门，反正任我怎么使劲也推不开。于是我又试着去开对面靠北一侧的寝室，结果一样打不开。正当我急于打开寝室的房门、揪出闹事者的当口儿，走廊的东头又响起了呐喊声和跺脚声。

好啊，原来这帮家伙串通一气，采用声东击西的战术来作弄我。可虽然识破了他们的诡计，却依旧束手无策。老实说，我这个人是勇有余而智不足，遇到如此局面就不知道如何是好了。然而也绝不会善罢甘休的。倘若就这么服软认输的话，以后我的脸还往哪儿搁呢？被人说一句“江户哥儿是孬种”那还了得？这事儿要是传出去，说我值个夜班被拖鼻涕的小孩子作弄了，毫无还手之力，只好忍气吞声地认了，岂不是一生的名节毁于一旦吗？我好歹也是旗本[1]之后嘛，旗本的老祖宗乃是清和源氏[2]，所以说我还是多田满仲[3]的后裔呢，跟这些土包子原本就不是一个种。只可惜才智不足，才导致现如今一筹莫展的状况。

好办法虽然是没有，难道就这么认输不成？休想！我之所以会束手无策，就因为太耿直了。你们也不想想，这世上，耿直之人赢不了的话，还有什么人能赢呢？今夜赢不了，明

1 本义为大将身边的贴身侍卫，但在江户时代是指直属将军的家臣中，俸禄在一万石以下，有资格直接晋见将军的家臣。

2 日本第五十六代天皇，清和天皇（850—881年）将他的许多皇子下降为臣籍，赐姓源氏，故称清和源氏。

3 即源满仲（913—997年），清和天皇的曾孙，曾任镇守府将军，居住在摄津多田地方，故称多田满仲。

天也能赢；明天赢不了，后天也能赢；后天还赢不了的话，我就从寄宿处带来盒饭坚守此地，直到大获全胜为止。

我下定了如此决心之后，就盘腿在走廊正中央一屁股坐下，静待天明。几只蚊子嗡嗡嗡前来袭扰，我根本不放在眼里。摸摸刚才撞疼的小腿处，有些黏糊糊的，估计是出血了吧。也没什么关系，一点点血嘛，要流就尽管流好了。正在这时，刚才那一番折腾所造成的困倦如潮水般涌来，一下子将我淹没——我终于迷迷糊糊地睡着了。

一阵吵闹声将我惊醒。“糟糕！”我猛地跳起身来。

右边一间寝室的门半开着，有两个学生正在我跟前站着。说时迟那时快，我一把揪住近在眼前的一个学生的脚，使劲一拉，那家伙“咣咚”一声摔了个仰面朝天。活该！另一个家伙惊慌失措，不知如何是好，我猛扑上去，按住他的肩膀推搡了两三下，那家伙吓傻了，直愣愣地一动不动，只会眨巴眼睛。

“快，去我的房间！”我命令道。

站着的那个言听计从，一声不吭地跟着来了，可见是个孬种。

此时早已天光大亮了。

在值班室里，我对他展开了审讯。不过猪猡就是猪猡，任凭你揍也好，掼也罢，总是那么一副死相。这家伙不肯招供，似乎抱定宗旨，要以“不知道”三字死撑到底了。

就在我严加审讯之际，一个两个的学生渐渐聚拢过来。不一会儿，似乎二楼上的住宿生全体集中到我的值班室里了。我打量了他们一番，只见一个个全都睡眠不足，眼泡又红又肿。真是一帮没出息的东西，一夜不睡就㞞成这副模样了？还算是男子汉大丈夫吗？我吩咐他们先去洗了脸再来理论，可他们一个都不走。

我单枪匹马对他们五十个，唇枪舌剑地交锋了一个小时左右，校长山狸冷不丁冒了出来。后来一打听，是校工特意去把他请来的，说是学校里出了乱子，要再不来天就塌了。嗨，屁大点事就把校长给搬了出来，也太没出息了吧，怪不得只配在中学里当个跑腿的呢。

校长听我说了一通大致经过，也稍稍听了一点学生的狡辩，然后说：“在发表正式的处理方法之前，还是照常上课。现在快去洗脸吃早饭吧，要不就来不及了。快去吧。”

就这么着将所有的寄宿生都放跑了？嗬，不痛不痒的，也太宽大了吧。要是换了我，当场就把他们统统开除！明摆着，就因为校方姑息养奸，学生才敢如此作弄值班老师啊。

接着，他又对我说：“你也一定很担心，累了吧？今天就不用上课了。”

我回答他说：“不，我不担心。只要我还活着，每天晚上都得这么闹一回，也没啥可担心的，课照上。一晚没睡就不上课的话，该将工资还给学校一部分了。”

校长听完，若有所思地盯着我的脸凝视了好一会儿，然后提醒我说：“你的脸很肿哦。”确实，我也觉得脸上有些发麻，还痒得厉害，昨晚肯定没少挨蚊子叮。我挠挠脸说：“脸再怎么肿，嘴巴也还能说话，不妨碍我上课。”校长听了，笑着夸我道：“你干劲儿很足嘛。”我知道，其实他不是在夸我，而在拿我开涮呢。

五

有一天，红衬衫来问我说：“你去不去钓鱼呀？”这家伙说起话来嗲声嗲气的，听着十分肉麻。那嗓音简直叫人分不清男女。是男人就该发出男子汉的声音来嘛。再说了，你不是大学毕业的吗？不是文学士吗？你瞧我这个物理学校出来的都能抬头挺胸地说话，你一个文学士却那么细声细气，也太丢人现眼了。

既然他问到了我，我便不太起劲地回了一声：“哦，这个嘛……”谁知他又追问了一句：“你钓过鱼吗？”嗬，这话也太小瞧人了吧？我就说：“钓得不多，小时候在小梅[1]的鱼塘里钓到过三条鲫鱼。另外，在神乐坂的毗沙门[2]庙会上钓到一条鲤鱼，可我一高兴，起竿的时候‘吧嗒’一声又掉了，现在想想都还觉得可惜。”红衬衫听了，撅起下巴嚯嚯嚯地笑了。笑就笑呗，干吗要笑得这么装腔作势呢？

1　地名，在东京都墨田区的向岛。

2　指东京善国寺里的毗沙门天堂。赶上庙会时，有钓鲤鱼的园艺活动。

“如此说来，你尚未品尝到钓鱼的乐趣哩。你要是想学的话，我倒是可以教教你。”他十分得意地说道。

谁要你教呀？！喜欢钓鱼、捕鸟的本就是些冷酷无情之辈，不然又怎么会以杀生为乐呢？鱼儿也好，鸟儿也好，不用说，肯定是喜欢活着而不喜欢被人杀死。若是不钓鱼、不捕鸟就活不下去，倒是另当别论。衣食无忧活得挺滋润的，可依旧不杀生就睡不着觉，那也太残酷了。

我心里这么想，但没说出来，因为对方是文学士，花言巧语是拿手好戏，我怕说不过他。谁知我不吭声后，他竟误以为已经将我降服，立刻展开了攻势：“好吧，立刻就教你。今天怎么样，有空吗？一块儿去吧，就我跟吉川君两人也怪冷清的。”

他说的这个吉川君是指绘画老师，也就是马屁精。那家伙不知打的什么主意，一早一晚都会出入红衬衫的家，不仅如此，红衬衫不论上哪儿，他都像个跟屁虫似的跟着，瞧那架势已经不是同僚关系了，简直就是一对主仆。由于我早知道红衬衫要去的地方马屁精也必定会跟去，所以听他这么说倒也没觉得什么。可是，你们两人去就好了，干吗非要叫上我这么个讨厌鬼呢？想必是他好显摆，要在我跟前炫耀一下钓鱼手段吧。嗨，这种事又有什么好炫耀的，就算你钓上来两三条金枪鱼，我也不稀罕。再说了，我也是人，再不咋的，只要下了钩，总能钓上点什么吧。我要是说不去，红衬衫那厮肯定会往歪里想，以为我是怕出丑或者是不喜欢钓鱼才不去的。想到这里，我便爽快地答应了。

放学后，我先回家准备了一下，然后去车站与红衬衫和马屁精会合，三人一起到了海边。那儿只有一个划船的，坐在一条我在东京从未见过的狭长小船里。我将船肚子打量个遍，没看到一根钓竿。我问马屁精这是怎么回事，他说在洋面上钓鱼不用鱼竿，光用鱼线就足够了。嗬，瞧他说话时那个得意劲儿，摸着下巴，一副行家里手的模样。早知道会被他噎，就不该多嘴多舌。

船夫不紧不慢地划着桨，看似没怎么用力，可回头一看，海边的景物已经缩得很小了。要不怎么说不管什么行业，精湛的技艺总是令人惊叹呢。高柏寺的五重塔从树林上方戳了出来，尖得像一根针。往前看，名为“青岛”的小岛在海面上浮着，据说那岛上没人居住。仔细一看，岛上只有岩石和松树。怪不得呢，在那种荒岛上，人怎么住得下呢?

红衬衫一个劲儿地眺望风景，嘴里嘟囔着“好风景啊好风景”。马屁精忙不迭地帮腔，说什么“简直是无与伦比的绝景”。什么是“绝景”我不懂，可看着心旷神怡，这倒是千真万确的。我心想，在如此宽阔的海面上海风吹着，肯定有利于健康。奇怪的是，肚子突然饿了起来。

“你看那棵松树，树干笔直，树冠如伞盖，跟透纳[1]的风景画似的。”红衬衫对马屁精说道。

马屁精立刻凑趣道：

“着啊。还真是透纳啊。您看那枝叶挠曲有致，怎么就这么美妙呢？简直跟透纳并无二致啊。”

说罢，还摇头晃脑一番，一脸的心领神会。

我心想，不知道透纳是个什么玩意儿料也无妨，所以没有吭声。

小船沿着小岛的左侧绕了一圈。海面上风平浪静，平滑如镜，简直叫人难以相信这是在海上。还真是多亏了红衬衫，才让我如此心情舒畅。要是能上岛去看看就更好了，于是我便问道：“能不能将船停靠在那块岩石旁？”

不料红衬衫立刻提出了异议，说倒也不是绝对不能停靠在那里，但要钓鱼的话就不能离岸太近。

于是我就闭嘴了。

马屁精开腔道：“将此岛命名为透纳岛，教头您看如何？”

什么鸟提议，明摆着是多此一举嘛。不过红衬衫却大加赞赏，说：

1　约瑟夫·马洛德·威廉·透纳（1775—1851年），英国著名风景画家，19世纪上半叶英国学院派画家的代表。

“有意思。以后我们就这么称呼它好了。”

这个“我们”之中如果也包括我在内，我可不干。对我来说，称其为“青岛”就足够了。

马屁精又说：

“在那块岩石上，竖一尊拉斐尔[1]的麦当娜[2]，怎么样？一定十分可观吧。”

红衬衫一听就怪笑道：

“麦当娜的事儿就不提了吧，嚯嚯嚯……”

笑得怪肉麻的。

“又没有旁人，说说何妨？”

马屁精瞟了我一眼，又故意扭过脸坏笑。我心里那个腻味劲儿就别提了。随你立什么麦当娜还是马大哈[3]，都不关我屁事，可你们这种“反正别人听不懂就当着人家的面自得其乐说悄悄话”的做法，是毫无品味的下流行为。就这种人，竟然也自称“咱也是‘江户哥儿’哩”。别以为我听不懂，

1　拉斐尔·桑西（1483—1520年），文艺复兴时期意大利画家、建筑家，与达芬奇、米开朗琪罗并称为“文艺复兴后三杰”。

2　“麦当娜”在日本既指圣母玛利亚，也指心仪的美女。马屁精在此说的是双关语，用“麦当娜”暗指红衬衫的恋人。

3　原文是“小少爷”的意思，在日语中“麦当娜”和“小少爷”发音相近。原文所要的就是谐音效果，而与“小少爷”的本意没什么关系，故而译文中另用了一个在中文语境中具有谐音效果的“马大哈”。

这个“麦当娜”肯定是跟红衬衫相好的艺伎。你要让相好的艺伎站在这荒岛的松树底下，当作风景来欣赏，那是你自己要发神经，关别人什么事呢？倘若让马屁精将这一美景画成油画，拿到展览会上去展出那就更好了。

“这儿就行了吧？”

船夫嘟哝了一句，便抛下船锚。红衬衫问这儿有多深，船夫说大概有三丈来深吧。

“三丈来深的地方，要钓上鲷鱼恐怕是有些难度。”

红衬衫嘀咕着将鱼线抛进海里。这哥儿们竟还想钓鲷鱼呢，野心够大的。马屁精赶紧拍马屁：

“凭教头您的水平，没问题啊。再说这风平浪静的，老天爷也在帮忙呢。”

说着，他也捋好了鱼线抛进了海。

这鱼线也太简单了，只在线头上拴着一坨铅，跟铅锤似的，连个鱼漂都没有。钓鱼没有鱼漂，不就跟测体温没有温度计一样了吗？我在一旁看着，心想，这一手我可玩不来。

“你也钓呀。鱼线还有吧？”红衬衫问我道。

我说鱼线有的是，可没有鱼漂啊。他又说：

“没鱼漂就不会钓，可就是门外汉了。你看着，等鱼线沉到海底的时候，就这样将食指搁在船帮上把着。鱼一咬钩，手上自然有感觉——哟，来了！”

说着他老先生急忙往回捯鱼线。我心想钓着什么了？一看，什么都没钓着。鱼饵没了。活该！

“啊呀呀，真是可惜了，教头。刚才肯定是一条大家伙啊，就连教头您这本事它竟然也能挣脱，啧啧，看来今天还真是大意不得啊。不过话又要说回来，被它挣脱了是一回事，比起只知道盯着鱼漂干瞪眼的家伙还是要强多了。那种家伙的钓鱼水平，就跟没了车闸就骑不了自行车一个样。”

马屁精阴阳怪气、指桑骂槐地胡诌了一通，气得我真想上去给他两巴掌。教头是人我也是人，凭什么我就肯定不行呢？再说了，这海面又不是他教头一个人包下来的，宽广着呢。就算是给我个面子，也得让我钓上一条鲣鱼什么的吧。我一赌气，便将鱼线连同铅锤扔进了海里，然后用手指头随随便便地把着。

没过多久，鱼线就被不知什么东西拽得直颤悠。我心想，肯定是鱼啊。若不是活物，是不会拽得这么厉害的。哈哈！钓着了！

我开始收鱼线。

“啊呀，你竟然钓着了，真是后生可畏啊。”

就在马屁精冷嘲热讽的当口儿，我已经将鱼线收得差不多了，只剩下五尺来长还浸在水里。我趴在船帮上朝水里一看，见条鱼挂在鱼线上左右挣扎着。那鱼的身上满是条纹，跟金鱼似的。我一收线，它就跟着往上浮。好玩！脱离水面的时候，那鱼“噗棱”一蹦，溅了我一脸海水。好不容易抓住了它，可摘鱼钩的时候却怎么也摘不下。这鱼捏在手里滑腻腻的，有点恶心。我不耐烦起来，抡起鱼线将它摔在船肚子里，一下子就给摔死了。

红衬衫和马屁精在一旁看得目瞪口呆。我将手伸进海里“哗啦哗啦”地洗了洗，又凑到鼻子跟前嗅了嗅，还是有一股鱼腥味儿。唉，钓鱼这活儿我可不干了，即便钓到了我也不愿意用手去碰。再说了，那鱼肯定也是不愿意被人碰的。于是我手脚麻利地卷好鱼线。

“旗开得胜，自然是首功一件。可你钓到的不过是一条膏耳鳍[1]嘛。”

马屁精心有不甘地信口开河之后，红衬衫马上接过话头抖个小机灵：

“膏耳鳍？高尔基？这不是俄罗斯文学家的名字吗？”

“着啊。不就是俄国文学家嘛。”马屁精立刻附和道。

哼！别以为我不懂。高尔基是俄国文学家；马璐吉[2]是

1 即隆头鱼。在日本松山地区的方言中称为 gu-ru-ji。

2 原文是“丸木”，即丸木利阳，是最早在东京的芝区樱田町，即如今的港区新桥开设照相馆的摄影师。“丸木”在日语中的发音为 ma-ru-ki，与高尔基相近。

芝区的摄影师；稻米粒是人类的命根子。这些谁都知道，有什么呀？要说这红衬衫就有这么个坏毛病，逮谁就跟人家说一连串用片假名拼写的洋人名。术业有专攻嘛，像我这样的数学老师，谁搞得清什么高尔基、低尔基[1]的？别在我跟前卖弄好不好？要说就说些《富兰克林自传》[2]啦，*Pushing to the Front*[3]等连我都知道的名字嘛。红衬衫经常将大红封面的《帝国文学》[4]带到学校里来，不无炫耀地读着。我问过豪猪，说是红衬衫嘴里那些外国人名都是从那本杂志上贩来的。可见这《帝国文学》真是罪孽深重啊。

之后，红衬衫和马屁精便专心致志地钓鱼了。约莫过了一小时，两人总共钓到了十五六条。有趣的是，尽管钓到的鱼不算少，可全都是青耳鳍。鲷鱼则别说钓着了，连影子都没见到。红衬衫对马屁精说：

“今天是俄罗斯文学大丰收啊。”

马屁精回答说：

---

1 原文是“拉大车的”，发音与“高尔基”相近。此处仅利用其谐音效果，含义已无关紧要了。

2 日本当时的英语教科书中有该书的内容。

3 即《伟大的励志书》，美国作家奥里森·马登（1848—1920年）的著作，讲述功利主义的处世哲学。在当时日本的中学里常被用作英语教材。

4 东京帝国大学文科院系的机关杂志，创刊于明治二十八年（1895年），主要介绍、评论外国文学。封面设计相当大胆，多以大红色衬底，配以艳丽的图案。

“连您那高超的技术都只钓到‘高尔基’的话，我这样的还能怎么呢？自然也只能是‘高尔基’了。”

我问了下船夫，得知这种小鱼尽是骨头，不能吃，只能当作肥料。原来如此。红衬衫和马屁精不是在钓鱼，只是一个劲儿地在钓肥料。可怜见的。我只钓了一条就收手了，躺在船舱里仰望蓝天。比起钓鱼来，这可要潇洒舒适得多了。

这时，他们俩开始小声嘀咕起来。声音很低，听不太真切，我也不想听。

望着蓝天空，我想起了阿清婆。如果我有钱，带上阿清婆来如此美丽的地方游玩，该是一件多么愉快的事啊。跟什么人一起玩才是最最关键的。不管景色多么优美，倘若是跟马屁精这类人在一起，怎么都是索然无味。而阿清婆尽管是个满脸皱纹的老婆婆，却让人觉得无论将她带去哪儿都不丢脸。像马屁精这样的，无论是坐马车、乘船，还是上凌云阁[1]，都不想与他搭伴。如果我是教头，而红衬衫是我的话，他定然会低三下四地拍我的马屁，而对红衬衫极尽冷嘲热讽之能事。怪不得有人说江户哥儿轻薄无行呢，就他这样的出来走乡串村地瞎转悠，乡下人不觉得江户哥儿轻薄才怪呢。

1　指明治大正年间位于东京都台东区浅草公园内的一座八角形砖塔，共有十二层，俗称“十二阶”。建于明治二十三年（1890 年）。

我正独自寻思着，只听得他们两人在吃吃偷笑。笑声之间断断续续漏出几句话来，叫人听着不得要领。

“哎？怎么会……”

“……就是嘛……一无所知嘛……罪过啊。”

“难道说……”

“将那蚂蚱……这可是真的哟。”

别的话我没都在意，可听到马屁精说到“蚂蚱”的时候，不由得心头一震。不知为什么，他将“蚂蚱”这两个字讲得特别用力，仿佛故意要将其明白无误地送入我的耳朵似的，而后面的话语又模糊不清了。我没有吱声，仍旧支棱起耳朵谛听着。

“又是那个堀田……”

“也许吧……”

“天妇罗？哈哈哈哈……”

“……煽动起来……”

“还有米粉团子？”

虽说传过来的都是断断续续、鸡零狗碎的，可根据“蚂蚱”“天妇罗”和“米粉团子”这三个关键词进行推测，完全可以得出结论，他们正在偷偷地议论我。

要说就大声地说嘛。如果要背着人偷偷地密谈，又何必叫上我呢？这两个家伙真是小肚鸡肠，卑鄙下流。蚂蚱也好，巴掌[1]也罢，反正错不在我。只为校长说“听候处理”，看在山狸的面子上，我才忍着呢，你这个马屁精竟然也来妄加评论，真是岂有此理！还是躲一边去吮你的毛笔尖儿吧。我的事情，我早晚会自己解决，随你怎么说也没用。倒是“堀田”“煽动”云云，不得不叫人上心。到底是说堀田煽动我将事情闹大呢，还是说堀田煽动学生来跟我捣乱，这就有点摸不着头脑了。

仰望蓝天，眼见着太阳光渐渐转弱，带着凉意的海风也“飕飕”地刮了起来。淡淡的浮云如同线香腾起的轻烟一般，停留在澄明透彻的蓝天上，一会儿又飘散于深邃无垠的天际，化作了一片薄霭。

“差不多该回去了吧。”红衬衫突然想起似的说道。

“嗯，是啊，时间也差不多了。今晚跟麦当娜小姐有约会吧？”马屁精搭腔道。

“别乱说。会招人误会的。”红衬衫说道。

马屁精吓得将原本靠在船帮上的身体稍稍坐直一些。

“呵呵呵，不要紧的，听到也……”

说着，他回头瞄了我一眼。我将双眼瞪得跟铜铃般大，

1　原文是“踏雪木屐”，在日语里的发音与“蚂蚱”相近。不过，此处仅利用其谐音效果，含义已无关紧要了。

居高临下地注视着他。马屁精像是看晕了眼似的赶紧回过头去，说了声“哎哟喂，服了你了”，缩紧脖子直挠头。这家伙真是偷奸耍滑无所不能啊。

小船在平静的海面上往回划。

“你好像不怎么喜欢钓鱼啊。”红衬衫问道。

我回答说：“嗯，我更喜欢躺着仰望蓝天。”

说着，我把抽了半截的香烟丢进大海。烟头“嗤”的一声灭了，在橹头搅乱的波浪间漂浮着。

“你来了之后学生们很高兴，可得好好干呀。”他说了句跟钓鱼毫不相干的话。

“不见得吧。”

“不，这可不是奉承话，确实很高兴。是吧，吉川君？”

“岂止是高兴，简直是激动不已啊。”

说着，马屁精露出了一脸的坏笑。不知怎么搞的，这家伙的一言一行、一举一动，都让我来气。

“不过呢，你自己也得注意一点，不然可有些不妙啊。”红衬衫又说道。

“不妙就不妙吧，事到如今哪还有什么可妙的呢？”

我毫不客气地顶了他一句。事实上我也早拿定了主意：要么免我的职，要么让所有的寄宿生都来跟我道歉。

“你要是这么说，可就是拒人千里之外了。其实作为教头，我可是为了你好才这么说的，你可不能往坏里想啊。”

“就是啊，教头对你完全是一片好意啊。就连区区在下，尽管人微言轻，帮不了你什么忙，可我们都是‘江户哥儿’嘛，自然是希望你能长期留在学校的，这样大家也好有个帮衬不是？其实我暗中也在为你出力呢。”

马屁精也说出一番场面话。老实说，要我受马屁精的照应，还不如让我上吊呢。

“对于你的到来，学生是十分欢迎的，可是呢，这里面也有不少特殊情况。估计有些事也令你很生气吧？可这正是需要忍耐的地方啊。你放心，我们绝不会害你的。”

“你说的‘不少特殊情况’，到底是什么情况？”

“要一件件说起来就有些复杂了。别急啊，慢慢地，你就会明白的。是吧，吉川君？”

“是啊是啊，非常复杂，并不是一朝一夕就能弄明白的。但是你慢慢就会明白。不用我说，你自然会懂。”

马屁精说的话跟红衬衫没什么两样。

“既然这么麻烦，那我不问也罢。只不过这是你们先提起的，所以才顺便问一下。”

“言之有理，是我们先提起的，倘若就这么断了话头，确实有些不负责任。那么，我就先跟你这么说吧。你呢，刚从学校毕业——不要见怪哦，初为人师，是没什么经验。可是，学校这种地方其实是十分现实的，切不可书生意气，率性而为呀。”

“不可率性而为，那么应该怎么为呢？”

“你看看，你就是直来直去的，要不说你缺乏社会经验呢……”

“当然缺乏社会经验了，简历上不是也写了吗？我总共才活了二十三年零四个月嘛。”

“所以说，防人之心不可无啊。”

“只要我行得正，坐得直，无论是谁要使坏我都不怕！”

“当然不怕了，可不怕归不怕，不留个心眼难免落入别人的圈套啊。事实上你的前任就是被人整垮的，所以说还是小心为妙嘛。”

我突然发觉马屁精这会儿怎么变老实了，回头一看，见他正在船尾跟船夫聊钓鱼的事呢。可见马屁精不在一旁搅和，谈话就顺畅多了。

“我的前任是被谁整垮的？”

“事关他人的名誉，我自然不便指名道姓。再说，这事儿也没什么真凭实据，所以，说了反倒是我的不是了。总之既然你来我们学校工作，要是在这儿栽了跟头，那么我们约你出来一起钓鱼的一番好心也就白费了。小心为妙。”

“你要我小心为妙，自然是不错的，可我不知道该怎么小心呀。只要自己不干坏事不就行了吗？”

红衬衫听了“嚯嚯嚯”地笑而不答。

我不觉得我的话有什么可笑。老实说，直到今天为止，我一直坚信这一点，从未动摇。可细想起来，世界上的大部分人似乎都在鼓励别人干坏事，似乎都相信一个人如果不变坏就不能在社会上取得成功。所以偶尔看到个耿直、单纯的人，就称他为“小少爷”“毛孩子”，对其百般刁难，极度鄙视。既然这样，小学、中学里那些教伦理课的老师就不必教学生做人诚实、正直了。干脆在学校里教一些撒谎的伎俩、不相信任何人的心术和整人的手段好了，这样不仅对于学生本人有用，对于社会不也做出了贡献吗？我知道，红衬衫“嚯嚯嚯”地哂笑是在嘲笑我的单纯。说到底，这也不能完全怪他，这个单纯和率真会遭到嘲笑的世道才是真正不可救药的。要是换了阿清婆，在这种时候根本哭不出，听了一定会非常感动的。可见阿清婆的品味要比红衬衫高多了。

“不干坏事当然是应该的，可光是自己不干坏事，同时又看不透人心的险恶，却是要吃大亏的。有些人貌似光明磊落，爽快热情，会主动给人张罗住处，其实却是个不得不防的小人……噢，这天已经变冷了。入秋了，是吧？看哪，海边的暮霭变成 Sepia[1] 了。暮色苍茫，真是好景色啊。喂，吉川君，你觉得怎么样？这海滨暮色……”

红衬衫大声喊着马屁精。马屁精心领神会，赶紧帮腔：

“果然是好景色啊，简直绝了。有时间的话应该好好地画一幅写生。白白放过如此美景，真是可惜啊。”

这时，港屋二楼亮起了一盏灯。正当火车“呜——”地拉响长笛时，小船船头“矻哧”一声撞入沙滩，动不了了。

“啊呀，这么早您就回来了。”

旅店的老板娘站在海滩上跟红衬衫打着招呼，我则“嘿哟”一声从船帮跳到了沙滩上。

1　棕黑色。

六

我特别讨厌马屁精。即便是为日本这个国家着想，也该给这种人捆上一块压腌菜的石头沉入海底。红衬衫说话的声音我也听着别扭，估计是故意将原本的嗓音弄得矫揉造作、嗲里嗲气的吧。可不管如何装蒜，他那副嘴脸还是不行呀。估计除了麦当娜，没人会看得上他。不过，他到底是教头，说起话来要比马屁精拐弯抹角、高深莫测得多。

回家后，我将他的话又琢磨了一遍，觉得倒也不无道理。尽管他说得云山雾罩，叫人摸不着头脑，可话里话外似乎是在说豪猪那厮不地道，要我对他留个心眼。既然如此，你明说不就得了吗？磨磨唧唧真不像个男人。再说了，既然明知豪猪是个坏老师，干吗不早点将其开除呢？可见他身为教头，还是什么文学士，本质上却是个孬种，就连背后说说人家坏话也不敢指名道姓，真是个胆小如鼠的懦夫。大凡懦夫都待人亲切，所以红衬衫也很亲切，跟个女人似的。亲切归亲切，声音归声音，我不能因为讨厌他那种说话的腔调就无视他的亲切，否则不就是将他的好心当作驴肝肺了吗？要说这世上也真是奇怪，看不顺眼的家伙偏偏待人亲切，而意气相投的反倒是个坏蛋，真是造化弄人啊。要不说这乡下就是乡下嘛，凡事都跟东京倒着来，叫人多么不省心的鬼地方啊。说不定还会有烈火冻成冰块、石头酥成豆腐的事发生亦未可知。

可话又要说回来，豪猪倒也不像个会煽动学生来跟我捣乱的人呀。当然了，据说他是最受学生欢迎的老师，如果是他想要煽动学生，估计没什么问题。然而他何必要这么大费周章呢？直接找到我大吵一场不是更省事、更痛快吗？要是我来这儿教书碍着他什么了，那就摊开了说："这么这么着，你碍着我了，请你自行辞职吧。"这也未尝不可呀。钟不敲不响，话不说不明，砂锅不打一辈子不漏，什么事情不能商量着解决呢？只要他说得在理，我肯定二话不说，立马走人。天底下又不是只有这块宝地才长稻子，此地不留爷，自有留爷处。某虽不才，想来不论去哪儿闯荡也不至饿死。可见这豪猪也真是个不开窍的家伙。

我初来此地时，头一个请我吃刨冰的就是这位豪猪兄。当时我还觉得这家伙挺热情，如今想来，让这种两面三刀的家伙请吃刨冰，简直有损我的颜面啊。我那会儿只吃了他一碗刨冰，所以他只付了一分五厘钱。可是，一分钱也好，五厘钱也罢，欠了这种口蜜腹剑的家伙这么一点人情，那就是到死，心里也不会舒坦了。明天到校后，就还他一分五厘钱。

没错，我是借过阿清婆三块钱，已经过了五年了，直到今天这三块钱我也没还。不是还不起，是我不想还。我知道阿清婆一点儿也不会揣度我囊中境况，不会老惦记着我是否快要还钱的。我也没有像对待外人那样碍于情面而老想着还钱。要是这么想，就是怀疑阿清婆的用心，那跟抹黑她美丽的心灵没什么两样了。不还钱并不是我要赖阿清婆的账，而是因为我已经将她看作自己的一部分。虽说豪猪原本就跟阿清婆不能相提并论，不过呢，无论是刨冰还是甜菊茶，默然接受他人恩惠的做法就是对此人另眼相看，是对对方怀有深情厚谊的体现。其实，将自己该付的那份儿付了也就两清了；而不付钱，内心老记着别人的恩惠，这份心意才是金钱所买不到的。即便我无官无爵，也是一个有着独立人格的人啊，而一个有独立人格之人的感恩戴德，难道不比百万金钱更加珍贵吗？

我让豪猪付出了一分五厘钱，而给了他比百万金钱更加弥足珍贵的回报。是的，我就是这么认为的。与此同时，我觉得豪猪应该万分珍惜才是，岂料他恩将仇报，偷偷摸摸搞些卑鄙下流的小动作，真是个不可理喻的混账东西。明天我还了你一分五厘钱，就两不相欠了。然后，我就要跟你好好地干一架了。

想到这里，睡意涌了上来，我昏昏沉沉地坠入黑甜乡去了。第二天早晨，由于心中有事，所以到校的时间比平时略早一些。我坐等豪猪那厮到来。然而，左等不来右等也不来——老秧瓜来了。汉学先生来了。马屁精来了。最后红衬衫也来了，只有豪猪的桌子上直挺挺地躺着一支粉笔，冷冷清清的。

我原想好一进教师休息室就还钱的，所以出门时，就跟手里捏着铜板上澡堂子似的，在手心里攥着一分五厘钱，一路攥到学校。我本就是汗手，所以摊开来一看，这一分五厘钱已经浸透了我的汗。将这么汗涔涔的钱还给豪猪，恐怕他又要啰唆了吧。于是我就将它展开放在桌上“呼呼”地吹了一会儿，然后又攥在手心里。

这时红衬衫走了过来，说：

“昨天真是对不住，让你受累了。”

我说：“没受累，就是肚子饿得厉害。”

于是红衬衫将胳膊肘支在豪猪的桌子上，将他那张又大又扁的盘子脸凑到我鼻子跟前。我还以为他要干吗呢，只听他鬼鬼祟祟地说道：

“昨天回去时船上谈的事情，还请你保密哦。没对谁说过吧？”

瞧他这副用女人般嗓音说话的模样，越发让人觉得这是个小肚鸡肠的男人。

到目前为止，我确实尚未说出去，可已经决定马上要说了。这不手里都攥着一分五厘钱了吗？要是现在给红衬衫封了口，事情倒有些难办了。红衬衫这厮也真够呛，尽管没点豪猪的名，可出的这哑谜也太容易猜了。事到如今，却又说不能揭开谜底，太没有责任心了吧。就你这样的还算是教头吗？按理说，你应该在我跟豪猪激战方酣之时挺身而出，堂堂正正地站到我这一边，为我助上一臂之力才是啊，这么着才不愧为一校之教头，才对得起身上这件红衬衫不是？

我跟他说，我还谁都没说呢，不过准备马上就跟豪猪好好理论一番。红衬衫听了大为慌张，说什么你可不能乱来啊。他说："我可不记得跟你说过任何有关堀田君的事，你要是乱来的话，我就麻烦了。你到这个学校里来，总不是为了来捣乱的吧？"你瞧，他竟然问出如此不合常理的问题来。我说当然了，每个月拿了工资还捣乱，学校自然是受不了的。于是红衬衫又说："昨天所说的事情仅供你参考，千万不能对外人说啊。"我看他这么恳求我，出了一头的白毛汗，就答应他说："行啊，虽然不说有些憋得慌，但既然会给你带来这么大的麻烦，那就算了吧。"谁知他还不放心，又叮嘱了一句："你可要说话算数哦。"嗨，真不知道这个红衬衫要娘娘腔到什么地步！文学士要都像他这样，还真叫人吃不消。恬不知耻地提出些不合情理、不合逻辑的要求，却还要怀疑别人。不是我夸口，在下不才，倒也是个顶天立地的男子汉。大丈夫一言既出驷马难追，说过的话岂能如同放屁一般！

这时左右两边桌子的主人也都到校上班来了，红衬衫便赶紧退回自己的座位去。我发现，红衬衫这厮连走路的样子也是装腔作势的。即便是在屋子里走动，他也会将鞋底轻轻地落下，不发出一点声响。到这会儿我才知道，原来悄无声息地走路也可以当作自鸣得意的资本。何必呢？又不练什么梁上君子的伎俩，大大方方照正常样子走路不就得了吗？

不一会儿，上课的喇叭响了，而直到这一刻，豪猪还是没有出现。没法子，我只得将一分五厘钱放在桌上，随后便去教室上课了。

由于讲课的关系，第一堂课结束得稍晚了一些。回到休息室时，其他老师都已经坐在桌子旁开始闲聊了。豪猪不知什么时候也来了，原以为他今天缺勤了呢，谁知仅仅是迟到。看到我后，豪猪便说道：

“都是因为你，我今天才迟到的。该罚你的款。”

我拿起桌上的一分五厘钱，说：

“这个给你，拿着。是上次在大街上吃刨冰的钱。”

说着，我就将钱放在豪猪的跟前。

“你胡扯些什么呀！”豪猪笑道。

可看到我一本正经、分外严肃的样子，他又说道：

“开什么玩笑！”一把将钱扒拉到了我的桌上。

嗬，好你个豪猪，难道还要我欠你一辈子人情不成？！

“没开玩笑，我可是当真的，没理由让你请吃刨冰，所以要还钱。你又岂有不收之理？”

“你要是这么在意这一分五厘钱的，我收了也无妨。可为什么现在才想起来要还了呢？”

“现在也好，什么时候也罢，反正我就是要还你，不要你请客。”

豪猪冷冷地盯着我的脸，鼻子里“哼”了一声。要不是红衬衫央求我不要说出来，我早就将豪猪的卑劣行径抖落出来，然后痛痛快快地跟他大干一架了。可既然答应了红衬衫，眼下就被束缚了手脚，动弹不得。这豪猪也太可恶了，人家脸红脖子粗地憋成了这样，他竟然还鼻子里出气儿。有什么好“哼”的？

“好吧，刨冰的钱我收下，不过你得从寄宿的人家里搬出去。”

“你只管收下这一分五厘钱，别的事不用你管。搬不搬家的，得看我乐意。”

“这事儿可由不得你。昨天，你的房东来跟我说，想叫你走人。我听他说得倒也在理。为了慎重起见，我今天一大早又去他那儿详细了解了情况。”

我没听懂豪猪在说些什么。

“房东跟你说了些什么，我怎么知道？你一个人自作主张的又算是怎么回事儿呢？要是这里面有什么可说道的，那就该先把话说清楚呀。劈头盖脸就说房东的话在理，也太粗暴无礼了吧。”

“好啊，那我就给你说道说道吧。是你自己粗暴无礼，人家容不下你了！房东太太可不是侍女，你让人家给你擦脚[1]，这谱摆得也太大了吧？”

“我什么时候要求房东太太擦过脚了？”

“你到底有没有让人家擦过脚，我可不管，反正房东受不了你了。他说了，你那十块十五块的住宿费，只要卖出去一幅字画，立马赚回来了。”

“简直是信口开河！混蛋，既然这样，当初又为什么让我住呢？”

“没什么为什么，反正当初是让你住，现在不愿意了，叫你走人。你赶紧搬家吧。”

---

1 当时的日本，路上灰尘泥土还很多，外出回来后要洗了脚才能进屋。住店客人洗脚、擦脚，都有侍女伺候着。

“这还用你说？就算他磕头作揖求我住下去，我也不住了。说到底，将我弄到那种存心找茬的人家去，原本就是你的不是。”

“到底是我的不是，还是你胡作非为？”

由于豪猪也是个火爆脾气，在这方面一点也不输于我，所以被我一激，他就毫不示弱地大声嚷嚷了起来。休息室里的其他老师不知道出了什么事儿，全都拉长了下巴，直愣愣地看着我跟豪猪对掐。我觉得自己问心无愧，没什么可害羞的，站起身来，环视了一周屋里的诸位同仁。只见人人大惊失色，唯有马屁精一人笑得挺开心。我睁大眼睛恶狠狠地瞪了他一眼，那意思是说：怎么着？你是否也想来干一架？当我的视线落到他那张干瓢脸后，那家伙立刻收敛起笑容，装出一副安分守己的模样来。看来他多少是有点害怕了。就在这时，上课的喇叭声响了。豪猪和我只得暂时停战，各自去教室上课了。

下午开会，讨论如何处理前些天夜里跟我捣乱的那些寄宿生。会议这玩意儿我还是头一回遇到，全然摸不着头脑。想来就是一帮老师聚在一起，鸡一嘴鸭一嘴随便讲上一通，然后由校长马马虎虎地裁决一下吧。所谓裁决，那可是针对是非曲直、难以决断之事的用语啊。眼下这事儿，谁见了都只会觉得是学生在胡闹，还需要开会吗？还需要裁决吗？简直是浪费时间嘛。无论是谁，也不管他如何解释，都不可能提出什么异议的。如此清楚明白的事情，校长独自处理一下不就完了吗？怎么连这点儿当机立断的本领都没有呢？要这么做事的话，那“校长”二字岂不成了举棋不定、优柔寡断的代名词了吗？

会议室就在校长室隔壁，是一间狭长的房间，平时也兼作临时食堂。二十来把黑皮椅子围着一张长条桌，这格局有点像神田的西餐厅。长桌的一头坐着校长，身旁坐着的是红衬衫。其他位子可以随便坐，可据说体操老师总是十分谦虚地甘居末席。

我可不懂这里面的讲究，一屁股坐到了博物老师和汉学老师的中间。抬头一看，见对面坐的是豪猪和马屁精。马屁精的脸蛋不管怎么看也都只能归入劣等之列。豪猪尽管刚同我吵了一架，脸看着倒也还别具韵味。他这张脸，跟我爸葬礼上小日向养源寺[1]大厅里挂着的画像差不多。我当时问过老和尚，说那是一个叫做韦驮天[2]的怪物。今天豪猪正在气头上，眼珠子骨碌碌乱转，时不时地看我一眼。你以为这就能吓倒

1　位于东京都文京区千驮木的寺院，属临济宗妙心寺流派。

2　原为婆罗门教中的神，湿婆神之子，在佛教中为僧人与寺院的守护神。同时也作为善跑之神而闻名。

我了吗？我也骨碌碌地转动起眼珠子，毫不示弱地回瞪他。我的眼睛尽管模样不济，可在大小上是不会输给一般人的。阿清婆常对我说：“你眼睛大，当个演员准合适。”

校长说：“人都来齐了吗？”做记录的川村便一二三四地数了起来。结果发现少了一人。哦，少一个人哪，我正寻思着呢，嗨！可不是少了一个吗？老秧子南瓜还没来呢。也不知我跟老秧瓜君有什么前世因缘，自从第一眼见到他之后，那张脸就再也忘不了了。只要一走进休息室，第一眼看到的总是老秧瓜君；有时走在路上，他的模样也会在我心头浮起；甚至去洗温泉时，老秧瓜君的脸也会在浴池中漂起来。每次跟他打招呼，他总是“哎”地应一声后赶紧低下头去，叫人心里挺不落忍的。自从我来到这所学校，还从未看到有第二个像老秧瓜君这么老实巴交的人。他几乎不笑，也从不多嘴。我在书上读到过“君子”这个词，原以为只存在于字典里，并非真有其人。可在遇见了老秧瓜君之后，就不得不叹服：原来“君子”也是实有所指的。

就因为我跟老秧瓜君如此投缘，所以今天一走进会议室，我立刻就察觉到他的缺位了。说老实话，我原本是想坐在他下首的，所以一进门就偷偷以他为目标瞄了一圈。

校长听了书记官的汇报后，嘟哝了一声“马上就会来的吧”，便打开一个放在自己面前的紫色绸巾包裹，取出一叠简易誊印的文件看了起来。红衬衫则开始用丝绸手绢擦起他那支琥珀烟斗来。对于这家伙来说，这已经成了一种癖好，大概与他喜欢穿红衬衫差不多吧。其余的人有的跟邻座交头接耳，窃窃私语，有的闲得发慌，用铅笔屁股上的橡皮头在桌面上一个劲儿地写着什么。马屁精时不时地跟豪猪搭讪，可豪猪对他爱理不理，只是“嗯”“啊”地随口应付着，不时还将恶狠狠的目光朝我射来。来而不往非礼也，我自然也不甘示弱，每每瞪起大眼睛来回敬他。

然而就在此时，让人等得有些不耐烦的老秧瓜君终于来了。他一副可怜巴巴的模样，对山狸说是自己有些私事所以迟到了，十分抱歉，低三下四地打着招呼。

“好吧，那我们就开会了。”

山狸让书记官川村君将简易誊印的文件发给大家。拿到手一看，见上面开头写着关于处理学生的事项，接着是管理学生的事项，除此之外还有两三条不相关的东西。

山狸照例是装模作样地摆出一副“教育之化身”的派头来，说了一番意思大致如下的话：

“鄙人向来以为，但凡本校教职员及学生有所过失，皆为鄙人之才疏德寡所致，故每当有事件发生，鄙人必反躬自省，审视自己于校长之位是否称职，每每深感惭愧，不胜惶恐。不幸此番竟又生事端，鄙人在此不得不向诸位同仁深刻谢罪。然而，事件既已发生，便无可挽回，必须加以处理。事件之经过原委，想必诸位早已了然于胸，故无需赘言，唯望就善后处理一事各抒己见，畅所欲言，以兹参考。”

这一番话说得头头是道，冠冕堂皇，听得我不得不暗自佩服。不愧是校长！到底是山狸！问题是，既然校长如此大包大揽，承担了全部责任，将所有的问题都归咎于自己的“寡德”，那么就大可不必处理学生了，只要你自己引咎辞职不就完了吗？倘若这样，又何必兴师动众开这么个会呢？

然而，事实并非如此。即便是根据普通常识来想，也是一清二楚的：我呢，在好好地值着夜班。学生们来捣乱。所以错不在校长身上，自然也不在我身上，而在学生身上。这不是明摆着的吗？如果还有豪猪在背后煽阴风点鬼火，那么也只要惩治学生和豪猪就足够了。可山狸倒好，非要将别人屁股上的屎说成是自己的，还到处宣扬“是我的屎，是我的屎”。天下哪有这种家伙呢？这一手，若不是山狸，是绝对弄不来的。

说了这么一通狗屁不通的开场白之后，山狸便颇为得意地四下环视一周。然而，谁都没有接他的话茬。

博物学老师正眺望第一教室屋顶上的乌鸦；汉学老师将简易誊印的文件折起又铺开；豪猪还在朝我瞪眼。早知道会议这玩意儿如此无聊，还不如缺席睡午觉呢。

我心痒难搔，实在按捺不住，正要滔滔不绝地发表一番宏论，可在刚刚抬起半边屁股的当口儿，一听红衬衫开腔了，我只好作罢。抬眼望去，只见那厮已经收起了烟斗，一边用条纹手帕擦着脸，一边在磨磨唧唧地说着什么。那手绢肯定是他从麦当娜那里哄骗来的。男人嘛，就该用纯白的麻布手帕！

“听到寄宿生胡作非为之事，作为一校之教头，我深感自己的工作确有疏漏失职之处。与此同时，也为日常之德育教化并未深入学生之内心而深感惭愧。然而，任何事情的发生，都是有其深刻的内在原因的，是由于某种缺失所造成的。就事件表面来看，似乎差错仅在学生一方，但若要认真追究其本质的话，说不定责任还在学校一方亦未可知。因此我认为，仅仅根据事件的表面现象而加以严肃处理的话，恐怕不利于学生将来的发展。更何况学生们全都精力充沛、血气方刚，尚缺乏是非辨别能力，所以貌似胡作非为，难保不是半下意识状态下所做的恶作剧罢了。当然了，事情应该如何处理，本属校长的职权范围，没有我置喙的余地。在此，我仅表明自己的态度，还望校长充分体谅其中内情，尽可能予以宽大处理。”

嚯嚯，看来山狸有山狸的一手，红衬衫也有红衬衫的一套嘛。行！半斤八两，都不是省油的灯。竟然公开声称学生撒野耍滑错不在他们，反倒在教师身上！好比说一个疯子打破了别人的脑袋，是因为被打的人不好，所以疯子才会去打他。天哪！这是什么逻辑？竟会遇上这种人，可真是要谢天谢地了。“精力充沛、血气方刚”的话，满可以到操场上去摔跤、去相扑，尽情地发泄。“半下意识状态下”将蚂蚱塞进人家的被窝里，谁受得了啊？要是照他的逻辑，即便我睡着时被割掉了脑袋，也可以说是他们“半下意识状态下”的行为而不予追究了吧？

想到这里，我琢磨着是不是也该说点什么呢。当然了，既然开口，就一定要滔滔不绝，语惊四座，不然就没意思了嘛。可我有个毛病，只要一气、一急，没说上三言两语准卡壳。在场的山狸也好，红衬衫也罢，就其人品而言是远在我之下的，可他们那条三寸不烂之舌却凌驾于我之上，我要是说漏了嘴，被他们揪住小辫子可不是闹着玩的，所以得先打个腹稿。正当我暗自盘算，谋篇布局之际，对面的马屁精突然站起身来，吓了我一跳。好你个马屁精，就凭你也配发表意见？真是不知道天高地厚了。果不其然，只听马屁精操起他那一贯的油腔滑调说道：

“此次蚂蚱事件加呐喊事件实属罕见，我等有良心之教员不禁因此而为本校之前途暗自担心。值此事件突发之际，我等教员必须深刻反省，整肃全校之风纪。刚才校长以及教头的发言，真可谓是切中肯綮之剀切之论。在此，本人谨表示彻头彻尾之拥护。还请对涉事学生予以宽大处理。”

马屁精的话尽管听起来铿锵有力、掷地有声，却空洞无物，尤其是他罗列的那些汉语词组，简直不知所云。老实说，我听明白的只有“彻头彻尾之拥护”这一句。

虽然马屁精所说的话我并没怎么听懂，却让我怒火中烧，点燃了我的炮筒子脾气。我顾不上腹稿尚在酝酿，就“腾”地一下站了起来。

“我表示彻头彻尾的反对……”

我刚说了这么一句，就卡壳了。

“……这、这种狗屁处理结果，我、我最最讨厌！”

我补上了这么一句后，大家竟“哗——”地哄堂大笑了起来。

“都是学生不好！一定要让他们跟我道歉，否则是会把他们惯出毛病的！勒令他们退学也未尝不可！……简直无法无天了，以为新来的老师好欺负……呃……”

说到这里，我就坐了下来。

这时，坐在我右手边的博物老师开口了：

“学生固然有错，可处置太严反倒会激发抵触情绪，似乎不太稳妥。我赞成教头的意见，还是宽大处理为好啊。”

尽是些软绵绵的泄气话。我左手边的汉学老师也赞成

“稳妥说”，历史老师同样拥护教头的意见。可恼！可恶！可恨！眼见得这儿的一多半都跟红衬衫是一党的，就这帮家伙聚在一起，学校还能搞好吗？反正我已经拿定了主意：要么学生跟我道歉，要么我辞职走人，二者必居其一。如果红衬衫派胜出，我马上回去卷铺盖走人。

我可没有能使他们心悦诚服的口才，再说了，即便一时说服了他们，今后还要跟他们共事呢，我可不愿意。只要我不在了，这个学校变成什么样又关我屁事！只要一开口，他们又会笑的，还说它干吗？于是我索性一脸超脱地作起了“壁上观”。

这时，从一开始就一声不吭的豪猪愤然站起身来。好嘛，又是赞同红衬衫的不是？没关系，反正我跟你这一架是吵定了！

豪猪的嗓门很大，一开口玻璃窗都震得“嗡嗡”作响。“我完全不同意教头以及其他诸位同仁的意见。因为，不论从哪个角度来看，也都是五十名寄宿生在欺负、作弄新来的老师。刚才教头说要在教师身上寻找原因，很抱歉，我不得不说，这种说法有失公允。该教师到任后不久，就轮到值班，与学生接触的时间总共还不到二十天。在这短短的二十天里，学生是不可能对一名新教师的学问、人品做出评判的。所以说，倘若该教师确有差错而遭受学生之轻慢，当然是有理由对肇事学生从宽处理。可毫无来由地放松了对作弄新教师之学生的管教，则定将损害学校的威信和声誉。我认为，所谓教育，不仅仅是教授学问，也要将高尚、正直、武士般的情操注入学生的内心。与此同时，还应当一举荡尽野蛮、轻浮、狂妄之歪风恶习。如果因担心抵触情绪而加以纵容，害怕事态扩大而姑息养奸，那么，此种歪风恶习何时才能肃清呢？我认为，作为教师，我们就是为了要肃清如此歪风恶习而在此奉职。倘若对此视而不见，充耳不闻，还是趁早不做教师的好！基于上述理由，我认为在严肃处理寄宿生的基础上，还需让他们向该老师进行公开道歉。这才是恰如其分的处理方法。”

说完，他便“咚”地一屁股坐下了。大伙听完，全都默不作声。红衬衫又开始擦拭他的烟斗。我高兴极了。因为豪猪的一番话，正是我想说而说不出来的。我这人就这么简单，一高兴就将刚才跟豪猪吵过架的事给忘了，带着一脸的感激之情凝望着已经坐下的豪猪。可豪猪却无动于衷，依旧冷若冰霜。

过了一会儿，豪猪又站了起来。

“有件事，刚才忘了说，对不起，现在补上。那天晚上，当值的教师似乎在值班时间内去了温泉浴室。我认为那是极不应该的。既然承担了一校之留守的职务，怎么能趁着无人阻拦的空子，去温泉浴室洗澡呢？这种行为极不得体。学生的问题另当别论，我希望校长就此事也提醒相关责任人加强自律，洁身自好。”

嗬，真是个怪人啊，刚才还帮着我说话呢，这会儿又揭我老底了。关于洗澡的事，我当时想都没有多想，只为我知道以前别人值夜班时也出去过，以为这是一种旧习，就去了温泉浴室。现在被他这么一说，我也觉得自己那么做是不对的。既然自己做错了事，那么被人攻击也没什么好说的。于是我再次站起身来，说道：

“我是在值班时间去了温泉浴室。这是我的不对，我在此道歉。”

说完我就坐下了。大家又一阵哄堂大笑。只要我一开口，他们就大笑，真是一帮无聊的家伙。你们做错了事也敢于公开承认吗？你们做不到，所以只会笑。

之后，校长说：

“想必大家已经畅所欲言，没有不同意见了，那就暂时讨论到这里，等我慎重考虑后再做出处理。”

顺便提一下，后来做出的处理结果是这样的：寄宿生禁止外出一星期，并向我道歉。我原本拿定主意，倘若不道歉，就辞职走人。谁知正因为满足了我的这一要求，结果闹出了更大的乱子来。不过这是后话，放到以后再说吧。

当时，校长又说了这么一番话，作为会议的后续：

“学生的风纪，是要靠教师的言传身教来潜移默化地加以矫正，因此，作为第一步，我希望教师尽量不要出入饮食店。当然了，开欢送会等场合另当别论。希望不要独自去那些品味不高的场所——譬如说，荞麦面店啦、团子店啦……”

说到这里，整个办公室全笑了起来。马屁精看着豪猪说了句“天妇罗”，还频频使眼色，可豪猪没有理他。活该！

我脑子不太好使，所以山狸那番话没听太明白。如果说去了荞麦面店和团子店就当不好中学老师的话，那么像我这种贪吃的人是怎么都没戏了。果真如此的话，倒也未尝不可，不过麻烦你们在雇人的时候加上“不喜欢吃荞麦面和米粉团子”这一条啊。不明不白地发出了任命，随后又宣布不准吃荞麦面，不准吃米粉团子，对于像我这种除了吃没有其他爱好的人来说，无疑是灭顶之灾啊。

紧接着，红衬衫又开口了：

“中学教师原本就属于上流社会，不应该追求单纯的物质享受。沉湎于物质享受，势必败坏品行。但是，毕竟都是人嘛，倘若一点娱乐也没有，那么来到这么个偏僻的小地方，日子也确实难熬。可以钓钓鱼、读读书，或者写写新体诗或俳句嘛。总之，应该追求高尚的精神享受……”

大家都一声不吭地听着，这家伙竟越吹越起劲。如果说坐船到海上去钓“肥料”、说膏耳鳍是俄国文学家、让相好的艺伎站在松树下、“青蛙跳进池塘里”[1]都是精神享受的话，那么我吸吸荞麦面、嚼嚼米粉团子不也是精神享受吗？你有工夫教别人怎么享受，还不如去洗洗那件红衬衫吧。我越想越气，忍不住问了一句：

“跟麦当娜幽会也是精神享受吗？”

这回谁都没笑，全都一脸怪相，相互递着眼色。红衬衫颇为难堪地低下了头。哈哈，怎么样？点中要害了，是吧？让人觉得于心不忍的是老秧瓜君——我说了这话后，他那张原本就很苍白的脸，竟然越发苍白了。

1　指松尾芭蕉的著名俳句——“青蛙跃古池，静水起清响。”

七

当天晚上我就搬出了寄宿处。回去捆行李的时候，房东太太过来说：

“您有什么不顺心的吗？如果我们哪里得罪了，您尽管说，我们改过就是。”

嗬，这叫怎么一回事儿？世上怎么尽是些莫名其妙的家伙呢？简直不明白你们到底是要赶我走，还是要留我住下去。跟这种人理论也太丢我“江户哥儿”的分儿了。我没跟他们多啰嗦，叫来一辆车，把行李摆上，拍拍屁股走人。

走是走了，可到底要走到哪儿去，我还没个准地方。拉车的问我：

“您这是要上哪儿呀？”

“少废话，跟着我走就行，一会儿你就知道了。”

说完，我便迈开了大步。

上哪儿去呢？图省事的话就回去山城屋，可那里也不是个久留之地，迟早是要搬的，到时候还得多费一番手脚。就这么走着说不定也能看到招租、房屋出租的招牌。倘若真是这样，那就是上合天意的居所了。于是我在安静而适合居住的地方兜起了圈子，最后竟走到锻冶屋町。这一带都是士族[1]的宅邸，不会有人招租，我就想到要去更加热闹的地方。突然，脑子里冒出一个好主意：我所敬爱的老秧瓜君就住在这个町内，他是本地人，又住在老祖宗传下来的老房子里，对于这附近的情况肯定一清二楚。只要去跟他打听一下，或许就能给我介绍个好地方来寄宿吧。好在我曾去拜访过他一回，还记得他家的大致方位，找起来并不麻烦。

就是这家吧？大致认定后，我叫了叫门：

“有人吗？劳驾，有人吗？”

屋里走出一位五十来岁的老婆婆，手里端着一盏老式的纸灯。

虽说我并不讨厌年轻女性，可不知为什么，看到上了年纪的老婆婆，总会觉得特别亲切。或许是由于我喜欢阿清婆，不知不觉间也将这份喜欢投射到普天下所有老婆婆身上的缘故吧。

这位大概就是老秧瓜君的母亲吧。只见她留一头短发[2]，

1　指日本明治维新之前的武士阶层。在封建时代，为了体现身份等级，武士与一般的町人所居住的地区是分开的。

2　当时寡妇所留的发型。

是个看起来有品味的妇人，相貌也跟老秧瓜君很像。

“请进屋吧。”她说道。

我说没什么大事，就不进去了，又拜托她将这家的主人老秧瓜君叫到了门口，跟他说其实是这么一回事儿，有没有合适的地方可介绍。

老秧瓜君回答：

“原来是这样啊，真是难为您了。”

想了一会儿他又说：

“后街住着一对姓萩野的老夫妇，曾对我说起过他们有一个房间总是空着，十分浪费，如果有靠得住的人，想租赁出去，叫我留个心眼。不过我不知道现在有没有租出去。不妨先去看看吧。”

说完，他热心地拉起我就走。

当天夜里，我就成了萩野家的房客。

奇怪的是，我刚从依尬银家里搬出来，马屁精第二天就搬了进去，若无其事地占据了我原先住过的那个房间。竟然会有这种事？简直叫人目瞪口呆。如此看来，或许这世上人人都是骗子，你骗我，我骗你，整个世界就是一个大骗局吧。真是叫人绝望啊。

既然就是这么个世道，我也不能服输啊，得同流合污，是不是？不然的话，这日子怎么过呢？也就是说，如果不跟小偷、扒手、骗子分成拆账就吃不上一日三餐的话，那么，如何才能活着这件事儿，还真得好好盘算盘算了。我身强力壮，活蹦乱跳，要是不明不白偷偷就上了吊，则不仅对不起祖宗，名声也不好听呀。如此想来，与其上什么物理学校，学什么屁用都没有的数学，当初还不如用那六百块大洋作为本钱去开一家牛奶店呢。那样一来，至少能跟阿清婆在一起，不用像现在这样天各一方互相惦念着了。以前跟她在一起时倒也没觉得什么，如今来到这乡下的鬼地方一看，才体会到阿清婆是天大的好人。脾性如此好的女性，恐怕走遍全日本也找不到了。我动身那会儿，阿清婆得了点感冒，眼下不知道好转没有。收到了我前一阵子寄出的信，她一定很高兴吧。嗯，说起来，她的回信也该到了吧——这两三天，我就是琢磨着这些事儿度过的。

由于我老惦记着阿清婆，所以时不时就问房东婆婆有没有东京寄来的信。可每次问起，她总是说“没有呀”，还赔上一脸的同情。

这儿的老夫妇跟依尬银那儿的不同，到底是士族出身，夫妇两人的品味都很高。只有一点吃不消，就是老爷爷一到晚上就怪腔怪调地唱什么谣曲。不过，他毕竟不会跟依尬银一样擅自进屋来“喝杯茶”，所以我住在这儿要自在得多。

房东婆婆有时会来我房间拉家常，问我一些诸如为什么不带着夫人一起来这样的问题。难道我看起来像是个有老婆的人吗？我说："可怜见的，我才二十四岁呀。"于是她便以一句"二十四岁有老婆是顺理成章的事呀那摩西"打头，然后具体展开，说哪里的谁谁，才二十岁就娶了老婆；哪里的谁谁二十二岁就生了两个小孩。如此这般，一口气举出半打早婚早育的实例来加以反驳，弄得我只好甘拜下风。我学着乡下的土话说：

"您要是这么说，那我就二十四岁成家得了。您费心，给张罗一位吧？"

谁知房东婆婆听了立刻一本正经地反问：

"此话当真那摩西？"

"当真啊，太当真了。我想娶老婆都快想疯了。"

"你看看，我说什么来着？毛头小伙子都是这么个猴急样那摩西。"

嗬，看她这现成话说的，把我噎得够呛。

"不过我可知道，小先生您府上准是有娘子的。我心里明镜儿似的那摩西。"

"啊？您老真是火眼金睛啊，是怎么看出来的呢？"

"那还不简单？您天天问'有信来吗''有信来吗'，别人还能看不出来那摩西？"

"啊呀，要不说您老是火眼金睛呢。"

“怎么样，叫我说中了吧那摩西？”

“嗯，也许吧。”

“不过呢，现在的女人可不比从前了，大意不得。您还得多加小心那摩西。”

“怎么说？您是说我老婆会在东京给我戴绿帽子吗？”

“哪里话来！您家娘子自然是规规矩矩的……”

“噢，这么一说我就放心了。可既然这样，我又有什么可小心的呢？”

“您家娘子是规矩的，可是，可是……”

“还有不规矩的吗？”

“有啊。俺们这儿就有不少呢。小先生，您知道远山小姐的事儿吗？”

“不知道。”

“啊？您连她的事都不知道？她是俺们这儿首屈一指的美人啊那摩西。就因为长得太美了，学校的先生们才‘麦当娜、麦当娜’地称呼她呢那摩西。您没听说过吗那摩西？”

“噢，您说的是那位麦当娜呀。我还以为是哪个艺伎的名字呢。”

“才不是。‘麦当娜’是洋人名儿，就是美人的意思那摩西。”

“或许是吧。真是出乎意料啊。”

“我猜多半是那个画图老师给取的那摩西。”

“哦，是马屁精给取的诨名吗？”

“不是。俺说的是吉川先生给取的。”

“这个甭管了。那麦当娜不规矩吗？”

“嗯，这个麦当娜可是个不规矩的麦当娜啊那摩西。”

“麻烦了，有绰号的女人自古就没一个好货，或许还真是这样啊。”

“还真是这样啊那摩西。什么‘鬼神阿松’[1]啦，‘妲妃阿百’[2]啦，不都是可怕的女人吗那摩西？”

“麦当娜也是这样的坏女人吗？”

“这个麦当娜呀那摩西，您还不知道吧？跟介绍您上俺们这儿来的那位古贺先生，是有婚约的呀那摩西……”

“啊？这可真是不可思议啊。没想到老秧瓜君还挺有艳福的嘛。真是人不可貌相。看来以后得小心了。”

“不过呢，去年吧，他家老太爷过世了——嗯，之前他家是挺有钱的，还有银行股票什么的，可谓是万事顺畅——

1　日本江户末期的女贼，被写进了歌舞伎《新版越白波》（三世樱田治助作，1851年初演）之后广为人知。

2　日本江户中期的女性。原为妓女，后为一个武士之妾，该武士又将她献给秋田藩的藩主，造成内乱。被写进歌舞伎《善恶两面儿手柏》（三世河竹新七作，1876年初演）之后广为人知。

但从那以后，也不知是什么路数，他家的日子一落千丈了。那古贺先生可是位好好先生，估计是被人算计了那摩西。一来二去的，他的婚事就给耽搁了。恰在这时，那个教头先生出来横插了一杠子，说什么麦当娜一定要嫁给他那摩西。”

“您是说那个红衬衫吧？真不是个东西。我早就知道那件衬衫不是好衬衫。后来呢？”

“后来他就托人去提亲，可远山小姐毕竟不能对古贺先生太过绝情，所以没法立刻答复——也就是用‘再考虑考虑’之类的话应付了过去那摩西。可谁知红衬衫先生竟然走通了门路，开始在远山小姐家进进出出了。天长日久，软磨硬泡的，您猜怎么着？最后终于让远山小姐点了头。要说这红衬衫自然是不像话，可远山这姑娘家家的也见异思迁了不是那摩西？所以大伙都指着她的脊梁骨说闲话呢那摩西。早先答应了古贺先生那头的婚事，现在有了什么学士先生来追求，马上就移情别恋，这怎么对得住老天爷呢那摩西？您说是也不是那摩西？”

“肯定对不住啊。别说老天爷了，就连‘老地爷’‘老人爷’也统统对不住啊。”

“这么一来，古贺先生也太可怜了，于是他的朋友堀田先生就去找教头理论，谁知那红衬衫先生说：‘咱也没打算娶已经订了婚的姑娘，可要是解除了婚约，咱说不定是要娶的。眼下咱跟远山小姐只是一般朋友。我跟她交交朋友总不碍着古贺君什么事吧？'据说堀田先生听完无话可说，只好气鼓鼓地回家。后来，红衬衫跟堀田先生不睦的说法就流传开来那摩西。"

"您还知道得真多啊，真是服了。您是怎么知道得这么详细的呢？"

"这儿是小地方嘛，有点什么风吹草动的，还不传个满城风雨呀那摩西？"

这"满城风雨"可叫人招架不住啊。如此看来，我的"天妇罗事件""米粉团子事件"恐怕也早就传得"满城风雨"了吧。真是个令人头痛的鬼地方。不过也有好处，至少托了这"满城风雨"的福，我不仅弄清了麦当娜的含义，还知道了豪猪与红衬衫之间的关系。这些都对我今后的人生不无裨益。问题是，到底谁是坏蛋，谁是好人，还是没搞清楚啊。对于像我这种头脑简单的人来说，不弄个非黑即白、一清二楚，就不知道自己应该帮谁了。

"那照你说，豪猪和红衬衫，谁是好人，谁是坏蛋？"

"豪猪是啥玩意儿那摩西？"

"豪猪就是堀田先生呀。"

"要说强悍当然是堀田先生强悍了，可红衬衫先生是学士啊，很有才干的吧那摩西。再说，要论待人亲切的话，也得数红衬衫，可又听说学生们都喜欢堀田先生那麼西。”

“那到底谁是好人呢？”

“当然是每个月挣钱多的更了不起了那麼西。”

我知道就这么问下去，问到猴年马月也不会有个痛快结论的，只得作罢。

两三天后的一个下午，我刚从学校回来，房东婆婆便笑盈盈地来到我的房间。

“让您望眼欲穿的东西，终于来了。”

她递给我一封信。

“您慢慢看吧。”

说完，她飘然而去。

我拿起信来一看，见是阿清婆寄来的。信封上贴着两三张小标签，仔细看了才知道，这封信先是从山城屋转到依尬银那儿，再从依尬银那儿转到萩野这儿。不仅如此，还在山城屋滞留了一个星期左右。难道说因为那儿是旅店，连书信上门也非得留宿几天吗？

我打开信封一看，发现信很长：

收到了少爷您的来信，本想回复，不巧的是我感冒了，躺了一个星期左右。另外，我也不像如今的小姐们那样能读会写，就是这般蹩脚的字，我也写得费劲。也想过是否让我外甥代笔，可又觉得难得给少爷写封信，不亲自动手对不住您。所以我特意打了草稿，反复修改后才誊清的。誊清花了两天，可草稿竟花了四天呢。或许少爷您读着仍觉得费劲，可我已经竭尽全力，您一定要把信从头到尾全部读完。

以上仅仅是开场白，紧接着，拉拉杂杂地竟然写了四尺来长[1]。嗯，读起来果然挺费劲，不仅仅是由于字写得难看，更麻烦的是全篇基本都是用平假名书写[2]，弯弯扭扭，连绵不断，分不清哪儿是头哪儿是尾。光是断句就叫人望而生畏了。我是个急性子，要在平时，即便给五块钱要我帮忙读一读这样的信，我也会断然拒绝。此刻我却十分认真，居然从头到尾通读了一遍。读是读完了，可力气尽用在辨认字迹上了，意思连贯不起来。没办法，只得从头开始重读。

这时的房间里有点暗，比起先前更不容易阅读了，于是我出了房间，坐在檐廊上恭敬拜读。

初秋的风摇动着芭蕉叶，直接吹到我裸露的肌肤上，返

1　日本旧时的信纸是卷筒状的，并不分页。读信的时候将其展开，字数越多则信纸越长。

2　日本旧时妇女受教育程度不高，不怎么会写汉字，所以书写时大多使用平假名。但平假名是表音符号，且写起来如同汉字的草书，连绵不断，故而断句较难。

回时又将我正读着的信纸卷向院子，将四尺来长的信纸吹得哗啦啦直响，仿佛只要一松手，就会立刻飞到树篱笆上去。我顾不了这许多，只管往下读：

少爷您性子是直，跟快刀剖竹筒似的，可太过火爆，所以叫人放心不下呀——您随便给人取绰号，这可不好啊，会招人嫉恨的。您不能乱叫这些绰号呀，要是已经取了，写信告诉我就好——乡下人都很坏，不可大意啊。要不，会吃大亏的——天气肯定也没东京好吧？睡觉时当心不要着凉，得了感冒可不是闹着玩的。少爷的来信太短，搞不清您那儿到底是个什么状况，下次写信至少也要写这封信的一半长吧。您给了客店五块钱小费固然不错，可自己够不够用呢？去了乡下，钱是唯一可倚靠的了，您要尽量节俭一些，不要到了关键时刻出问题——您手头没有零花钱了吧？我这就给您汇十块钱去——之前少爷您给了我五十块钱，我原本想等您回东京成家时贴补贴补的，所以一直存在邮局里呢。即便汇出十块钱，还有四十，不要紧的。

嗯，要不说女人心细呢，阿清婆想得太周到。

正当我坐在檐廊上展开信纸，陷入沉思的当口儿，房间的隔扇拉开，萩野老婆婆端着晚饭进来了。

“还在看呐？真是一封长信呀那摩西。”

“嗯，宝贵的书信嘛，所以要让风这么吹起一段读一段，吹起一段读一段。”

老实说，我连自己都不知道在回答些什么。说完，我就坐到食案前一看，今晚又是煮红薯！要说这一家比起依尬银来，确实待人亲切、诚恳、有品味，美中不足的是：伙食太差。昨天是红薯，前天是红薯，今晚又是红薯。不错，我是说过非常喜欢吃红薯，可这样接二连三天天吃，迟早会要我小命的呀。我还嘲笑人家老秧瓜君呢，用不了多久，我自己也成了老秧瓜先生了。这种时候要是阿清婆在我身边，肯定会端上我喜欢的金枪鱼生鱼片，或者是涂了甜汁的烤鱼糕。可我如今落到了一贫如洗的吝啬鬼士族手里，还能怎样呢？只好自认倒霉了。看来不论从哪方面考虑，我都不得不同阿清婆生活在一起啊。要是在这所鬼学校久待下去的话，干脆将阿清婆从东京叫来吧。天妇罗的荞麦面不能吃，米粉团子不能吃，再加上房东天天做红薯，搞得我面黄肌瘦的，看来教师这一职业还真不是人做的。与之相比，禅宗和尚的口福要好得多——我消灭了一盘红薯后，从书桌抽屉里拿出两个生鸡蛋，在饭碗口磕开，好歹将晚饭对付了过去。不吃点生鸡蛋补充下营养，谁扛得住一星期二十一节课呀？

由于读了阿清婆的来信，耽误了洗澡的时间。每天都去泡一泡，一旦跳空一天，心里怪腻味的。好嘞，今天就坐火车去吧——我抄起那条早就出了名的红毛巾，来到火车站，不料火车在两三分钟前刚刚开走，还得再等上一会儿。我坐在长凳上抽起了香烟，抬头一看，嗨，巧了！只见老秧瓜君也来了。自从我从房东婆婆那儿听到了有关他的情况后，就觉得老秧瓜君越发可怜了。平日里，他就跟那些四海为家的家伙们似的，谨小慎微，缩头缩脑，一副可怜巴巴的模样，今晚在我眼里，就更不仅仅说声“可怜”便可了事的了。若有可能，我恨不得给他双倍的工资，明天就让他跟麦当娜结婚，然后再放他一个月的假，让他们到东京去度蜜月，好好玩上一玩。想到这儿，我马上给他让座：

“你也去洗澡吗？来，这儿坐吧。”

老秧瓜君诚惶诚恐地说：

“不，不用了。”

不知道是出于客气还是其他原因，反正他没有坐下，依旧站着。

“还得等上一会儿呢，站着太累了，快来坐吧。”

我再次给他让座，也不知为什么，见到他这副样子就于心不忍，非得让他坐我身边不可。好在这次他总算领情了。

“好吧，那我就打扰了。”

世上既有像马屁精那样寡廉鲜耻的人，不用他出头露面的场合也非要挤在头里；也有像豪猪那种似乎少了他日本就会完蛋的家伙，一副不可一世的威风模样；对了，还有红衬衫那种像是推销发蜡的色鬼批发商。还有像山狸那样以“教育之化身”自居的家伙，那神气仿佛老在说：“要是教育是个活人，那么穿上礼服就是我这样的。”一个个全都神气活现、自命不凡，唯有老秧瓜君似有若无，像是当了人质一样了无生气，规规矩矩，老老实实。这样的人我还从未见到过。虽说他的脸蛋子有些浮肿，毕竟是个好男人啊，可见那个抛弃了他、投向红衬衫怀抱的麦当娜是个没有脑子的疯丫头。凑多少打红衬衫也抵不上如此靠谱的夫君啊。

“你是不是哪儿不舒服？看你怪累的……”

“没有啊，我没生病呀。”

“哦，那就好。身体顶顶要紧啊。身体不好的话，人也就完蛋了嘛。”

“嗯，是啊。您看起来身体就挺棒的。”

“我有点瘦，不过没病。我最烦生病了。”

听了我的话，老秧瓜君颇为腼腆地笑了。

这时入口处传来了年轻女子的笑声。我回头一看，好家伙，一个皮肤白皙、梳着时髦发型、身材高挑的美女，跟一位四十五六岁的夫人在售票窗口并排站着。

我这人不会形容美女，所以不知该怎么说才好。不过，那的的确确是个美女，给人的感觉似乎在手心里捧着一颗用香水泡暖的水晶球，散发出一股说不出的温馨、舒坦。年长的那位个子较矮，两人的相貌有些相像，估计是母女俩。

嗬，今天真有眼福呀。我心念一动便将老秧瓜君忘到了九霄云外，只顾盯着年轻的美女看。可谁知老秧瓜君突然从我身旁站起身，施施然朝那两个女人走去。这下子倒叫我吃惊不小。

那美女该不是麦当娜吧？我心中暗忖。只见三人随和地打着招呼。但距离毕竟太远，听不清他们说了些什么。

看了看车站的大钟，发现离发车还有五分钟。唉，火车快点来吧。没了谈话的对手，我变得急不可耐。就在这时，又有一人匆忙跑进了车站。一看，竟然是红衬衫！只见他身穿一件轻飘飘的和服，腰里胡乱扎了一条绉纱腰带。胸前还挂着一根金链子。其实，连同里面的那只金表都是假货。红衬衫还以为没人知道呢，戴着这玩意儿四处炫耀，事实上早就被我识破了。

红衬衫出现后，眼珠子滴溜溜乱转，四下打量了一番，看到了售票处那三个正在说话的人，赶紧过去鞠躬行礼，还说了两三句，又突然朝我走了过来。当然了，还是用他那悄无声息的"猫步"特技走来的。

"啊呀，你也去洗澡吗？我担心赶不上火车，心急火燎地跑了来，看来还得等三四分钟嘛。那个大钟准不准呢？”

说着，他掏出自己的金表核对了一下，说“差了两分钟”，随即一屁股在我身旁坐了下来。他将下巴搁在手杖上，两眼盯着正前方，不朝女人那边看一眼。那位年长的女人不时瞟红衬衫一眼，年轻的那位却一直侧着脸。这让我越发地肯定她就是麦当娜了。

不一会儿，“呜——”的一声长鸣，火车进站了。等车的人蜂拥而上，争先恐后地上了车。我看到红衬衫跳上了头等车厢。其实坐头等车也没什么神气的，从这儿到住田站，头等车厢五分钱，三等车厢三分钱，也不过两分钱的差别嘛。就连我这样的，手里攥着的不也是白色车票[1]吗？要不说乡下人都是小气鬼呢，只差着两分钱，就觉得太破费，所以大多数人坐的都是下等车厢。紧随着红衬衫之后，麦当娜和她妈也上了头等车厢。老秧瓜君呢，就跟活版印刷似的，每次印出来的内容都相同，他老先生似乎总是坐下等车厢。可他到了下等车厢门口，不知为什么又犹豫彷徨了起来，后来看到我，才一狠心上了车。看到他这样子，我倍加同情，居然跟在他的身后，也上了同一节车厢。我攥着头等车票坐下等车厢，难道还犯规了不成？

1　当时的头等车车票白色，普通车票红色。

到了温泉浴室后，我穿着浴衣从三楼走下浴池，不料又遇到了老秧瓜君。我这人每逢开会之类的正经场合，喉咙就跟堵住了一般，往往说不出话来，可在平时却是个话痨。所以我在浴池里东拉西扯地跟老秧瓜君不停搭讪，因为我总觉得他可怜得不行，要不安慰一两句，就跟没尽到“江户哥儿”的义务似的。可是，正所谓落花有意流水无情，老秧瓜君的反应总跟我不合拍，不论说什么，他也只是“嗯”“啊”地敷衍着，并且还挺不情愿。最后，我也坏了兴致，闭口不言了。

我在浴室里没遇见红衬衫。这倒也不奇怪，因为这儿的浴室有好多间，即便是坐同一班车来的，也未见得非要共同入浴。

出了浴室，只见皓月当空，夜光如水。街道两旁种着柳树，皎洁的月光将柳树枝那圆融婆娑的影子抛在街心。看到如此美妙的夜景，我打算散一会儿步再回去。走上北面的坡道来到街口后，见左手边有座很大的山门，门内的尽头处，左右两侧都是秦楼楚馆。妓院开在山门之内，这倒是古今少有的奇观啊。本想进去瞧瞧，又怕开会时遭到山狸的攻击，只得望门兴叹，悻悻而过。山门旁有一间平房，挂着黑色的门帘，开着一扇小格子窗。这就是我当初吃米粉团子的地方。为了这个，后来还挨了批。屋檐下挂着一排圆灯笼，灯笼上写着“汁粉”“御杂煮”等字样，灯笼的火光照亮了附近的柳树树干。这情形看得我食欲大动，真想进去饱餐一顿，可最后依旧是忍痛割爱，悻悻而过。

想吃米粉团子而不能吃，这自然是可悲的。可是，自己的未婚妻移情别恋，不是更加可悲吗？跟老秧瓜君的遭遇相比，米粉团子又算得了什么呢？哪怕是绝食三天也毫无怨言啊。如此看来，这人呐，还真是最靠不住的。仅凭其相貌，是怎么也不相信会干出如此绝情的事来的——也就是说，貌若天仙的麦当娜冷酷无情，胖若冬瓜的古贺君却是善良君子。果真人不可貌相，大意不得啊。

原以为朴实直爽的豪猪据说煽动了学生来跟我捣乱。可你说他煽动吧，他又强烈要求校长处分学生。

矫揉造作、令人作呕的红衬衫却古道热肠，会拐弯抹角地给我以忠告。可你说他好心吧，却又花言巧语地去勾引麦当娜。说他横刀夺爱吧，他又说除非解除婚约，否则不娶。

依尬银鸡蛋里挑骨头，将我赶了出来。可我前脚刚走，马屁精后脚就搬了进去——想来想去，尽是些莫名其妙的事情，一件件全都不靠谱。我要是将这些事情写信告诉阿清婆的话，她定然会大惊失色，或许还会说什么出了箱根就是妖魔鬼怪横行的鬼地方之类的话吧。

我这人生来大大咧咧、没心没肺，无论遇上什么事都不放在心上，哪怕尘世间风刀霜剑，也好歹活到了今天。然而来到这儿还不满一个月，却突然发觉世道汹汹，极不太平。虽说没遭受什么劫难，却好像一下子长了五六岁年纪。三十六计走为上策，看来还是早日回东京才是啊。

我就这样思前想后地闲逛着，不觉已踱步过了石桥，来到了野芹川的堤岸上。这野芹川听着像一条气势磅礴的大河，实际上只是一条宽不足六尺的涓涓溪流。沿着堤岸往下游走了二里来路，就来到了相生村。村子里头供着观音菩萨。

回头遥望温泉小镇，但见月光下红灯闪闪，隐隐传来阵阵鼓声——肯定来自红灯区那儿。河水虽浅，流速却很快，波光闪闪得有些神经质。

我在堤岸又晃晃悠悠走了半里路，看到前面有人影晃动。借着月光定睛一看，发现原来是两个人。兴许是洗了温泉后回村的年轻人吧。他们怎么一声不吭，连小曲也不哼一首呢？四下里格外寂静。

走着走着，发现还是我的脚步要快一些，因为前面的人影越来越大了，其中一个是女的。听到了我的脚步声，大约还隔着五六丈的时候，那男的忽然回过头。月光从我的背后照过来。

看到那男人的模样后，我不由得在心中“啊”地一惊。

之后，那对男女继续往前走。我因为心有所图，死命追赶了上去。对方毫无察觉，依旧慢吞吞地逛着。现在连他们的谈话声也能听得清清楚楚了。堤坝只有六尺来宽，刚够三人并排而行。我毫不费力地后来居上，从那男的身旁掠过后再跑出两步，然而站定身躯，回过头来，死死地盯住男人的脸。此刻的月光照着我的正面，从剃着小平头的头顶到下巴，毫无保留地照了个一清二楚。男的见了，“啊”地惊叫一声，赶紧把脸扭向一边，对那女的说了声“我们回去吧”，立刻转身返回温泉小镇而去。

没错，那男的正是红衬衫！

红衬衫是想厚着脸皮蒙混过关呢，还是做贼心虚吓破了胆？反正他没敢跟我打招呼。看来，身处这种小地方而深感不便的，不光是我一个呀。

八

自从被红衬衫邀去钓鱼回来后，我就开始怀疑起豪猪来了。尤其是在他无中生有地故意找茬，叫我从寄宿的人家搬出去的那会儿，我越发觉得他是个可恶至极的混蛋。然而上次开会时，他却又滔滔不绝谈起了“严惩学生论”，大大出乎我的意料，简直就是个怪人，叫人琢磨不透。

后来听萩野婆婆说，他为了老秧瓜君去跟红衬衫谈判，当时直叫我拍手称快。如此看来，豪猪不是坏蛋，反倒是红衬衫这家伙有鬼。正当我怀疑他是否将一些捕风捉影的事情以假乱真，又拐弯抹角地来忽悠我，又被我在野芹川的堤岸上撞见他跟麦当娜散步，从此我认定他是个坏蛋。其实，到底是不是个坏蛋我不太清楚，但肯定不是个“好蛋”。因为他阳奉阴违，表里不一。做人嘛，就应该跟竹筒子一样，直来直去，否则靠不住。只要人正直，即便与之吵架，心里也舒畅。而像红衬衫这种貌似古道热肠、主动热情、品德高尚，还动不动掏个琥珀烟斗出来炫耀一番的家伙，才是不可掉以轻心，不能随便吵架的。即便吵架，也无法像回向院的大相扑[1]一样干个痛快。相比之下，为一分五厘钱而跟我大吵大闹，让休息室的全体老师震惊不已的豪猪，更像一个堂堂正正的男子汉。开会时他转动那对眍䁖眼时不时地瞪我那会儿，我觉得这家伙十分可恶。后来想想，这也比红衬衫的嗲声嗲气强多了。事实上会议结束后，我就想跟他重归于好，还主动跟他搭讪过两三句，结果这家伙非但不理我，还继续用眍䁖眼瞪我，我也来了气，干脆不理他。

从那以后，豪猪便不跟我说话了。放在他桌上的一分五厘钱，直到现在还躺在那儿呢，上面落满了灰尘。我当然不会去碰它，豪猪也坚决不肯将它收起来。于是这一分五厘钱成了两人之间的一堵墙，阻隔了我们的沟通。我想跟他说话但开不了口，豪猪也顽固地一声不吭。这一分五厘钱仿佛一道符咒，将我跟豪猪双双给镇住了。后来，到校后只要一看到这一分五厘钱，我的内心便痛苦不堪。

跟豪猪的关系虽然坠入了绝交的冰谷，跟红衬衫却依然如故，仍保持着正常的交流。就在野芹川撞见他的第二天，我刚到学校他就凑过来，没话找话地跟我说什么“你

1　回向院是一个位于日本东京本所区（今墨田区）的净土宗寺庙。自江户时代起就经常在这里举行祭神的相扑比赛，一直延续到明治年间。大正十五年（1926年）在这里建造了国技馆，作为相扑比赛的专用场馆。

这次找的寄宿处没问题吧”“下次我们再一起去钓俄国文学，怎么样”。

我不待见他，就回了他一句：

“昨晚我们见过两次面啊。”

“噢，是啊。我们在车站见过——你总是在那个时间出去吗？”

他想跟我打马虎眼。我不依不饶地说：

“后来在野芹川的堤坝上还见过一次呢。”

他立刻回答道：

“没有的事，我根本就没去那儿。洗完澡之后，我立马回家了。”

嗬，明明遇见了，何必如此遮遮掩掩呢？真是个当面撒谎的家伙。就这样都能胜任中学教头的话，我也可以当大学校长了。从那时起，我越来越不相信红衬衫。奇怪的是，我跟信不过的红衬衫还说着话，却跟内心佩服的豪猪不说话了。世上的事儿，就是这么怪！

一天，红衬衫跟我说：

“你上我家来一趟，有话跟你说。”

于是我只得忍痛，放弃了洗温泉的享受，下午四点左右去了他家。

红衬衫虽是单身，毕竟也是一校之教头，早就不在别人家里寄宿了，他的住所有一个大院子和一扇气派的大门。据说房租只要九块五毛钱。想不到这种乡下地方，只要付九块五毛就能住上有如此气派大门的院子，连我都不由得有点动心：要不我也咬咬牙租上一所，再将阿清婆从东京接来，让她高兴高兴呢。

到了他家门口，我大叫一声：

“有人吗？”

出来接应的是红衬衫的弟弟。

他这个弟弟的代数和算术就是我教的，成绩一塌糊涂。由于他是个外来生，虽然书读不好，心眼却比土生土长的学生更坏。

见到了红衬衫，我问他找我到底有什么事，这哥儿们用那只琥珀烟斗抽着气味难闻的烟，说道：

“你来之后，学生的数学成绩比你前任那会儿有所提高，校长也非常高兴，认为得到了一位非凡的人才。怎么样？你看学校如此信任你，你也要更加发愤努力哦。”

“噢，是吗？但要我比现在还努力，我可做不来了——”

“就现在这样也行啊。不过呢，我之前跟你说过的那事儿，可不能忘啊。”

“就是对给我找住处的那家伙要留神的事儿吗？”

“话说得这么露骨就没意思了嘛。行啊，反正你心里也明白着呢。还有呢，只要你一如既往地努力工作，等到时机成熟，学校方面多少也会重新考虑一下你的待遇问题。”

“哦，你是说我的工资吗？虽说我对工资不怎么在意，可还是越多越好啊。”

“所幸，有一人要调离本校了——当然，这事儿还得跟校长商量后才能正式决定——或许可以从此人的工资份额中稍稍拨些来。我正打算去跟校长说说，给你通融一下呢。”

“多谢！不过，是谁要调离呢？”

“嗯，马上就要公布了，说说也无妨吧。是古贺君。”

“啊？古贺老师？他不是本地人吗？”

“是本地人，不过这里面有些特殊情况——一半也是出于他本人的要求啊。”

“他要去哪儿？”

“日向的延冈[1]——由于那儿比较偏僻，他去了之后能加一级工资。”

“谁来替他呢？”

“嗯，替他的人基本上也已经定了。正是有了这么档子

1　日向：日本的旧国名之一，相当于今天的宫崎县。延冈：即延冈市，位于日本宫崎县的东北部，较为偏僻。

事，你的待遇才有可能调整哦。”

“哈，行啊。不过，也不必太勉强。”

“总而言之，我打算跟校长商量这事儿。估计校长不会反对。所以说你要做好思想准备，要更加发愤努力。”

“要加我的课吗？”

“不是，说不定还会减少课时呢……”

“这就奇怪了嘛，既然减少课时，还努力个屁啊。”

“嗯，乍一听是有点怪啊——现在还不能透露——总之，你可能要承担更为重大的责任了。”

我简直是一头雾水。既然说是要我承担更大的责任，那就是当数学组的主任了。现在的主任是豪猪，可那家伙并没有一丁点想辞职不干的意思呀。再说了，他是受学生欢迎的老师，如果将其调离或免职的话，那就是学校的失策了。

跟红衬衫说话总是这么不得要领。尽管不得要领，要谈的正事儿也已经谈完了，之后我们又闲聊了一会儿。说到给老秧瓜君开欢送会的事，红衬衫顺口问我会不会喝酒，还说什么老秧瓜君是一位可爱的君子之类——红衬衫天马行空地胡扯了一会儿，最后竟话锋一转，说：

“怎么样，你会作俳句吗？”

真是哪壶不开提哪壶。我赶紧说：

“我不作俳句。再见！”

见势不妙，我慌忙告辞回家了。

发句[1]那是芭蕉[2]啦剃头店老板[3]搞的玩意儿。在下可是数学老师，被牵牛花的藤蔓缠住了吊桶[4]可受不了啊。

回到住处之后，我陷入了沉思。这世上莫名其妙的人真多啊。自家老宅在这儿自不必说，就连供职的学校也没什么可抱怨的，怎么偏偏不愿意在家乡老老实实待着，非要到人生地不熟的穷乡僻壤去吃苦呢？倘若那是个通电车的繁华都市倒也罢了，可那日向的什么延冈算怎么回事儿呢？就说我吧，来到了这个还算有舟楫之便的地方，不满一个月就急着想回去了。那延冈是个什么鬼地方呀，是山坳坳里的山坳坳里的山坳坳。听红衬衫说，下了船之后还得坐整整一天的马车才刚刚到宫崎[5]，从宫崎出发，再坐一整天的人力车才能到达目的地。光听听那地名，就知道是个不开化的蛮荒之

1　俳句原本就是连歌的第一句，也即“发句”。

2　松尾芭蕉（1644—1694年），本名甚七郎宗房。日本江户前期俳人。对俳谐进行改革，成为集大成者。其俳风被称为“蕉风”，具有闲寂、余韵、玄妙、轻快之特色。主要作品有包括《冬日》《猿衰》《炭包》在内的俳句集《俳谐七部集》以及《更科纪行》《奥州小路》等游记。

3　这是作者凑数打趣的话，不可当真。

4　此处用了个暗典。即日本江户时期加贺千代（1703—1775年）的著名俳句：“牵牛花呀，吊桶儿被它缠绕，（不忍心扯断了牵牛花的藤蔓打水）只好乞水向人家。”

5　指宫崎市，位于日本九州的宫崎县，濒临日向滩。

地。想必那儿住着的，一半是人，一半是猴子吧。饶你老秧瓜君是个圣人，也总不会愿意跟猴子为伍吧，何苦要如此猎奇呢？

正当我想到这儿，房东婆婆送晚饭过来了。我问她今天还吃红薯吗，她说不是，今天吃豆腐那摩西。嗨，还不都是一路货色嘛。

“婆婆，你知道吗？古贺老师要去日向了。”

“知道。真是可怜呀那摩西。”

“可怜？他自己要去，有什么好可怜的？”

“谁说他自己要去呢那摩西？”

“什么‘谁说的那摩西’，当然是古贺自己了。他不就是为了猎奇才去的吗？”

“唉，您这就大错特错，差了十万八千里了那摩西。”

“十万八千里？刚才‘红衬衫’就是这么说的呀。这要是差了十万八千里的话，那‘红衬衫’不就是谎话连篇的吹牛大王了吗？”

“教头先生这么说当然有道理，可古贺先生不愿意去也是有原因的。”

“两边都有道理，婆婆，您可真是一碗水端平啊。这其中到底是怎么个道理呢？”

“今天早晨我遇到了古贺先生的母亲，她一五一十全都告诉我了。”

“都告诉你什么了？”

“他们家老太爷过世后，日子就不像原本那么宽裕了，不如说是清贫至极。所以古贺先生的母亲跟校长说，儿子已经在学校干了四年，这每月的工资能不能涨一点那摩西。”

“合情合理啊。”

“那校长说考虑考虑。做母亲的也就放心了，以为马上会有加薪的好消息。一个月、两个月伸长了脖子巴望着。一天，校长将古贺先生叫了去说，学校资金紧张，很抱歉不能加薪。可是延冈那儿的学校出了空缺，去赴任能多拿五块钱，这样正好能满足古贺先生的加薪要求，就替他办好了手续，直接去就是——”

“这哪是什么商量呢？这不是命令吗？”

“说的是啊。古贺先生说，为了加薪到外地去工作，还不如原封不动待在老家呢。这儿既有老宅，又有老母，请求校长通融。可校长说，这事儿已经定了，连接替古贺先生的人都有了，已经无法更改。”

“啊？这不是欺负人吗？可恶！如此说来，古贺老师并不愿意去。怪不得我觉得奇怪呢，为了多挣五块钱而甘愿到深山里去与猴子为伍，天底下哪会有这样的傻帽儿呢？”

“傻帽儿？小先生，傻帽儿是啥意思？”

“甭管它啥意思了，这根本就是‘红衬衫’的诡计！太卑鄙了，简直是背后捅刀子。还说什么要给我涨工资，这像话吗？谁要他涨工资了！”

“小先生您要加薪了吗那摩西？”

“是他说要给我加。我去回绝他。”

“干吗要回绝呢那摩西？”

“一定要回绝！婆婆，那‘红衬衫’是无耻之徒，是卑鄙小人！”

“他卑鄙他的，至于要给您加薪，您就一声不吭拿着呗那摩西。年轻人就是好冲动，等到上了年纪回想起来，就会觉得当初要是不那么冲动该多好。可后悔已经来不及了那摩西。听我老婆子的劝，那‘红衬衫’先生要给您加薪，您就说声谢谢，拿着就是了那摩西。”

“你这么大年纪就别多管闲事了。加不加也是我的工资，跟你不相干。”

被我这么一抢白，房东婆婆闷声不响地退了出去。

这时，房东爷爷正拖着九转十八弯的长腔唱谣曲呢。要说谣曲这玩意儿也真是古怪，不就是给原本读得懂的东西加上一些别扭的曲调，存心叫人听不懂的损招吗？真不知道每天晚上都津津有味地哼唱谣曲的房东爷爷到底是什么心态。反正我眼下是顾不上琢磨什么谣曲的。

红衬衫说要涨工资，虽说并无此迫切需求，但考虑到那钱闲着也是闲着，不拿白不拿，所以我当时才应承下来。谁知这钱是强行从一个不愿意调离的人头上硬刮下来的，既然是这样，我还能恬不知耻地笑纳，做出这种伤天害理的事情来吗？本人已经表示希望维持原状，还非要将他发配到延冈去，这到底是何居心呢？即便是太宰权帅[1]也只是贬至博多[2]嘛。还有那个河合又五郎[3]，杀了人不是也只逃到了相良吗？别的暂且不说，我还得去找红衬衫，先把加薪的这事儿给回绝了，否则我于心难安。

套上小仓料子的裙裤，我就出门了。来到红衬衫家那扇气派的大门前，我站定身躯，大叫一声：

“有人吗？”

1　日本古代的奈良、平安时期曾在九州设“太宰府”，管辖九州及对马、壹岐两岛，其长官称“太宰帅”，多由亲王出任。“权帅”是代替“太宰帅”亲赴任地的代理长官。这里的“太宰权帅”是指菅原道真（845—903年）由右大臣左迁为“太宰权帅”，由京都流放到九州博多的一段史实。

2　日本福冈市内那珂川以东的街区。曾是古代大宰府的外港，遣隋使、遣唐使均在此出发和归来。由于跟位于宫崎县的延冈相比，博多还在东面，离东京比较近，所以主人公会发此感慨。

3　河合又五郎（1615—1634年），江户前期备前冈山藩士。1630年河合杀了同僚渡边数马的弟弟渡边源太夫之后，躲藏到熊本县的相良地方（也在宫崎县延冈市的东面），后被渡边等人复仇杀死。他的事迹曾被称为江户时代三大复仇之一。

出来接应的还是他弟弟。见了我之后，那小子的眼神显出些许诧异，似乎在问：你怎么又来了？

一天两次也好，三次也罢，只要有事，我就来！说不定还会在半夜三更将你们全叫醒呢。别以为我是来拍教头马屁的。我可是来拒绝加薪的。我正寻思着，那小子说家中有客。我说只要在这大门口见一面就行，快去叫他出来。于是那小子便进去了。

我看了看脚边，见地上有一双衬着草垫的薄底前倾低齿木屐。屋子里又传来了"啊呀，太棒了"之类的说话声。我立刻意识到，所谓"有客"云云，来的肯定是马屁精。要不是马屁精，谁会这么大惊小怪地尖叫呢？要不是马屁精，谁会穿这种江湖艺人才穿的木屐呢？

过了一会儿，红衬衫手持一盏煤油灯来到门口，说：

"进来吧。没外人。来的是吉川君。"

我说："不，在这儿说两句就行。"

我打量了一下红衬衫的脸蛋，发现他的脸红得跟金太郎[1]似的，可见他正跟马屁精饮酒取乐呢。

"之前，你说要给我加薪，现在我改主意了，所以前来

1　日本古代传说中的红脸怪童。据说是源赖光手下四大金刚之一坂田金时的幼名。金太郎具有神力，全身赤色，此处借喻面孔通红。

回绝。”

红衬衫将煤油灯往前递了一点，自己躲在后面端详我，像是事出突然，不知该如何答复，只好直愣愣地杵在原地。是难以理解这世上怎么还有人会跑来拒绝加薪呢，还是震惊于即便要拒绝也大可不必刚回去就即刻返身前来？抑或这两种因素兼而有之吧。反正他微微张开着嘴，呆呆地站着。

“当时我答应加薪，是因为你说古贺君自己要求调任……”

“是啊，完全是他自己提出的呀。”

“不对！他是想留在这儿。不涨工资也无所谓，他希望留在老家。”

“你是听古贺君这么说的吗？”

“那倒不是，我不是听他本人说的。”

“那么你是听谁说的呢？”

“我的房东婆婆从古贺君的母亲那儿听来告诉我的。”

“哦，那就是你的房东婆婆说的喽？”

“嗯，是这么回事儿。”

“不好意思，你这话就不大对头了。听你这么说，似乎是宁肯相信房东婆婆的话，也不相信我这个教头的话。可以这么理解吗？”

我不知该怎么回答才好。可见文学士这玩意儿到底也不是吃素的，他会歪里邪气找出你的茬子，不依不饶地展开反攻。以前我爸老说“你小子毛毛躁躁的，不行不行”，如今看来还真没说错，我做事确实有点毛躁，刚一听房东婆婆的话就立马蹦了起来，也没去找老秧瓜君或他母亲详细了解一下情况。所以眼下被这文学士将了一军，就有些招架不住。

正面交锋是吃了亏，可我心里已经不相信红衬衫了。那房东婆婆虽说是个贪得无厌的小气鬼，可是她不会撒谎，不像红衬衫这么表里不一，阳奉阴违。我理屈词穷，硬着头皮如此答道：

“你所说的，或许也在理——反正我不要加薪。”

“这就越发可笑了呀。你特意来找我表示拒绝加薪，似乎是找到了相应理由，可你的理由已经被我驳倒，却还坚持不接受加薪，这就有点难以理解了。”

“难以理解就难以理解好了，反正我不接受。”

“既然你的态度如此之坚决，那谁都不会强加于你。不过呢，就这么两三个小时之内，你便毫无理由地出尔反尔、反复无常，这可事关你将来的信用啊。”

“事关信用也无所谓。”

“此话差矣！人，无信不立。哪怕退一步来说，你那房东大爷……”

“不是大爷，是婆婆。”

“都一样，都一样。就算你那房东婆婆所说的话属实，也并没有因为要给你加薪而削减了古贺君的收入，对不对？古贺君要去延冈了，自有接替他的人前来。而接替他的人，工资要比他低一些。我们是想把这多出来的部分转到你的头上，所以你根本用不着觉得对不起谁。古贺君调任延冈，是高升啊。而新来的呢，从一开始就说好工资会比较低。所以说，给你涨工资，是一件皆大欢喜的事情。如果真的不要，我们也不会勉强就是了。总之，你回去重新考虑一下吧。”

我的脑袋瓜子不太灵光，要是在往常，对方说得如此头头是道，我会觉得“哦，看来是我搞错了”，于是甘拜下风。不过今晚却不行！我一来这儿就不喜欢这位红衬衫，虽说有一阵子觉得他跟女人似的待人亲切，后来又发现那完全是虚情假意，所以越发讨厌这号人了。

因此，不管他说得如何天衣无缝、天花乱坠，也不管他如何想利用其教头的职阶制服我，全不顶用。能说会道的人就一定是好人吗？不见得！同样，被说得哑口无言的人也不见得就是坏人。从表面上看，红衬衫似乎堂堂正正，可不管你如何冠冕堂皇，也无法叫人心悦诚服。如果说凭借着金钱、权势和歪理就能收买人心的话，那么放高利贷者、警察和大学教授不就都变成最可爱的人了吗？哼！凭你一个小小的中学教头，就想用什么“因为……所以……”的三段论法来说动我的内心吗？没门！人心是随着好恶而动，不会受花言巧语的支配。

“你说的也没错，可我不要加薪，所以前来回绝。不用考虑了，再怎么考虑也是这句话。再见。”

说完，我便扬长而去。

头顶上，一条茫茫银河横亘夜空。

九

给老秧瓜君开欢送会的那天早上，我刚到学校，豪猪就对我拉拉杂杂说了一长串道歉的话：

“前一阵子依尬银来跟我说你行为不轨，要我叫你搬出去，我那时信以为真，所以跟你说了那些话。可后来一打听，原来是那家伙不地道，经常弄些假字画，再盖上伪造的印章后卖给人家。可见关于你的事也是他胡编乱造的。他原想将一些挂轴啦古董推销给你，你不理他，他就赚不到钱，恼羞成怒，就无中生有地造你的谣。我不了解他的为人，才上了他的当，对你说了不少无礼的话，还请你多多原谅。”

听完他这一番话之后，我什么也没说，只是将桌上的那一分五厘钱拿起来放进了钱包。豪猪不解地问道：

“你就这么收起来了吗？”

我说：“以前我不要你请客，所以非要还你钱不可。后来想想还是让你请吧，所以就收起来了。”

豪猪“啊哈哈”地放声大笑了起来，却又问道：

“那你为什么不早点收起来呢？”

我说："其实我早就想收起来了，可总有些抹不开脸面，所以就让它一直这么躺着。最近每天到学校里看到它，心里就难受得要命。"

"你真是个死不服输的倔头。"

"你也是又臭又硬呀。"

我们相逢一笑泯恩仇之后，又闲聊了起来。

"你到底什么地方的人？"

"我是'江户哥儿'嘛。"

"哦，江户哥儿呀，怪不得死不服输呢。"

"你呢？"

"我是会津的。"

"哦，是会津佬[1]啊，怪不得又臭又硬呢。今天的欢送会，你去吗？"

"当然要去了，你呢？"

"我自然也要去的。还打算在古贺老师动身时，去海边送行呢。"

"欢送会可热闹了，你就等着瞧吧。我今天准备喝他个

---

1 在日本的明治维新过程中，会津藩是站在幕府一边的，戊辰战争中曾十分顽强地与维新政府军交战到最后一刻。故而明治过后，会津人就给人一种守旧、顽固的印象。

昏天黑地。”

“你要喝尽管喝，我只吃菜，吃完就回家。喝酒的人都是混蛋。”

“你怎么动不动就找人茬？不愧是江户哥儿，有股子轻狂劲儿。”

“随你怎么说都行。去出席欢送会之前，你到我住处来一下，有话跟你说。”

豪猪果然如约来到了我的寄宿处。

最近这段日子，我每次看到老秧瓜君就觉得他太可怜，到了为他开欢送会的今天，更是深感痛心疾首，甚至连替他发配去那蛮荒之地的心都有了。因此，我打算在欢送会上发表一通演说以壮其行色。可是，我也知道自己这一口油滑的江户腔难以担此重任，所以就想让大嗓门的豪猪来做我的替工，煞一煞红衬衫的威风。就为了这个，我才叫豪猪来的。

我首先以“麦当娜事件”作为开场白。当然了，对于“麦当娜事件”豪猪知道得比我详细。我说了在野芹川的堤岸上撞见他们的事，并不自觉地骂了一声混蛋，结果被豪猪揪住了小辫子。他说，你怎么逮谁都骂混蛋呢？今天在学校里你不是还骂我混蛋来着？如果我是混蛋，那红衬衫就不是混蛋了。他强调他跟红衬衫绝不是一路货色。我说好吧，那就改骂“没种的软蛋”好了。豪猪十分赞同，说那还差不多。看来这豪猪强悍归强悍，可在嘴皮子功夫上比我还差了一大截呢。或许会津佬都是这副德行吧。

接着，我又跟他讲了关于自己的“加薪事件”和以后可能受重用的事情。豪猪听了，从鼻子里出声“哼”了一下，又说如此看来，他们是要对我下手了。我说，你自己有辞职的打算吗？他说没有，随即又强悍地说：“如果我要辞职的话，定然会让红衬衫做垫背，跟我一块儿辞职。”我问他：“你怎么才能让他跟你一块儿辞职呢？”他说：“这个还没想好。”看来这豪猪是勇猛有余，智谋不足啊。我跟他说我已经将加薪之事给回绝了，这哥儿们听了十分高兴，一个劲儿地夸我，说我不愧是“江户哥儿”。

随后我又问他，既然老秧瓜君不想走，你为什么不帮他斡旋一下，好让他留下呢？他说，听老秧瓜君说起此事时，事情都已经决定了。然而他还是找校长交涉了两次，找红衬衫一次，结果“木已成舟”，已经无可挽回。还说老秧瓜君太过老好人，叫人想帮他的忙也帮不上。如果红衬衫刚开始讲这事儿时他就断然拒绝，或者说需要时间考虑考虑，要一点滑头，事情就好办了。可他竟然被对方的花言巧语弄晕了头，当场一口应允。后来他母亲去哭诉求情也好，我再去交涉也罢，全都无济于事了。

我说："此次事件，完全是红衬衫搞的阴谋。他是想将老秧瓜君支开，然后把麦当娜弄到手。"

豪猪说："那还用说！当然是这么回事儿了。那小子貌似忠厚，内藏奸诈，别人说他的时候，他早就给自己留好后路了，十足地老奸巨猾。对付这种家伙，除了饱以老拳，没别的办法。"

说着，他捋起了袖子，展示那条满是肌肉疙瘩的胳膊。我顺势问道：

"你的肌肉很棒嘛，练过柔术吗？"

他弯起胳膊，隆起了肱二头肌，说：

"你捏一把试试。"

我手指用力捏了一把，没说的，硬得跟搓澡用的浮石一个样。

我佩服得五体投地，说：

"凭你这股子膂力，就他红衬衫那样的，一起上来五六个也照样揍他个人仰马翻吧。"

"这还用说？"

说着，他将胳膊伸缩弯曲了几下，只见肌肉疙瘩在皮肤下骨碌碌地滚动着，看着甚是畅快。豪猪说，他曾将两根纸捻搓在一起后绕在肌肉疙瘩上，然后用力一弯胳膊，那纸捻"吧嗒"一声断掉了。我说不就是纸捻嘛，我也能崩断呀。他说：

“嚯，你行吗？要不要当场试试？”我心想，万一崩不断，出了洋相，传出去可不好听，便说以后有时间再试吧。

随后我半开玩笑地问道：

“怎么样？今晚的欢送会上，你痛饮美酒之后再痛揍红衬衫、马屁精一顿如何？”

豪猪沉吟片刻，说：

“今晚就算了吧。”

我问他为什么，他说今晚动手的话对不住古贺君。随即又颇有见地地补充道：

“再说，要揍也得瞅准他们干坏事的当口儿，当场狠揍，不然的话，反倒是我们的不是。”

嗨，这豪猪竟然比我有心计得多。

“好吧，那你就来一场演讲吧，将古贺君好好夸上一夸。这事儿非你莫属了。我这一口油腔滑调的江户腔说了也没个分量。再说到了关键时刻我总会胸口发闷，喉咙口像是堵了颗大肉丸了，说不出话来。所以这个光荣的任务就让给老兄您了。”

他说：“你这毛病可真够怪的。如此说来，你当着众人面开不了口，一定很难受吧？”

我说：“倒也不是太难受。”

就这么你一言我一语的，时间也过得差不多了，我便同豪猪一同去了会场。会场设在一个叫做“花晨亭”的饭馆里，在当地属于最高档的，我以前可从未踏进过那儿的门。据说曾是某家老[1]的府邸，饭馆老板将其买下后，未经改造，直接开张了。嗯，怪不得看着这么庄严气派呢。家老的府邸成了饭馆，还不跟战袍改作小夹袄一样？简直大材小用嘛。

我们俩到达的时候，客人已经基本来齐了，正三五成群地散落在五十叠大小的房间闲聊呢。要说这五十叠的房间到底是不同凡响，连壁龛都又大又气派。要是拿我在山城屋所占据的十五叠的房间里的壁龛与之相比，简直是小巫见大巫。我估摸着要是用尺子一量，能有一丈多宽。壁龛的右边摆放着一只绘有红色图案的濑户物[2]瓷瓶，瓶中插着一根粗大的松树枝。为什么要插松树枝呢？我是看不懂。不过这松树枝插上几个月都不会凋落，不费钱，倒也不赖。我问博物老师，那个濑户物是哪儿出产的。他说，那不是濑户物，是伊万里[3]。我说伊万里不也是濑户物吗？他“嘿嘿嘿”地笑而不答。后来我听说只有在濑户烧制的陶瓷器才叫濑户物。由于

1　日本江户时代在大名家中统管藩政的重臣。有常驻江户的江户家老和常驻藩国的国家老之分。一般家老不止一人，会轮流主政。

2　日本爱知县濑户市及其周边地区烧制的陶瓷器的总称。不太讲究的时候，日本人也将所有陶瓷器都称作“濑户物”或“濑户烧”。

3　也称作伊万里烧。是佐贺县有田地区烧制的陶瓷器的总称。由于这些陶瓷器都从附近的伊万里港发货，故有此名。

我是江户哥儿，以为所有的陶瓷器都是濑户物呢。

壁龛的正中央挂着一幅挂轴，上面的字个个都有我脸蛋子那么大，总共二十八个。写得那叫一个难看，简直是令人作呕。于是我问汉学老师，干吗要将如此难看的字堂而皇之地挂起来。老先生说，这可是有名的书法家海屋[1]的字呀。管他海屋河屋的，反正写得难看，我至今仍觉得那些字奇丑无比。

不一会儿，书记官川村邀请大家入席。于是我找了个有柱子能倚靠的地方坐了下来。

一身和式礼服的山狸在海屋手书的挂轴前落座后，同样身穿和式礼服的红衬衫在他左侧坐下。而右侧坐的是今天的主宾，老秧瓜君——也是一身和式礼服。

我今天穿的是西服，要正经八百地跪坐起来就太憋屈了，所以稍微跪坐了下就改成了盘腿坐。我身旁是体操老师，他虽然穿着黑色西装裤，却毕恭毕敬地跪坐着。不愧是体操老师呀，这跪功早就修炼到家了。

过不多时，食案端了上来。小酒壶也排开了。干事站起身，宣布宴会开始，并说了几句开场白。紧接着，山狸和红衬衫起身发言，说的都是送别的话。这三人像是事先串通好

1　贯名海屋（1788—1863年），日本江户后期杰出的书法家。

了似的，异口同声地吹捧老秧瓜君是一位良师益友，对于他的离去感到万分遗憾，并表示这不仅仅对于学校，即便对于他们个人而言也是可惜的。然而，此次工作调动，完全是基于老秧瓜君自身的原因和要求，故而无法挽留云云。

想不到他们竟在欢送会上如此鬼话连篇，说得像模像样，一点也不觉得害臊。尤其是红衬衫，三人之中数他吹捧老秧瓜君最肉麻。他甚至说，失去一位如此良友，实为自己一生中最大的不幸！还不仅仅是言辞肉麻，他那说话的腔调更是造诣非凡。原本就嗲声嗲气的娘娘腔，这会儿更显得委婉动人。倘若是第一次听他说话，恐怕不论是谁都会上当受骗。或许那麦当娜就是被他的这一手勾搭上的吧。就在红衬衫滔滔不绝的当口儿，坐在我对面的豪猪目光如电地朝我忽闪了两下，我呢，作为“回电”，用手指扒了一下下眼皮[1]。

红衬衫讲完后刚刚落座，豪猪便迫不及待地站起身来。我心里一高兴，情不自禁鼓起了掌来。谁知这一举动立刻招来了以山狸为首的一众人等的“注目礼”，令我十分狼狈。我赶紧倾听豪猪要说些什么。豪猪说：

“刚才，以校长为首的发言者全都对古贺君的调任表示

1　在日本人习惯性的肢体语言中，该动作有轻蔑或嘲弄之意。当然，此处是针对红衬衫的。

了遗憾，其中又以教头的言语最为诚挚动人。然而，我的意见正好与之相反。我希望古贺君早日离开此地。诚然，延冈地处偏远，就物质条件而言，或许不如此地便利。但是，我听说那儿民风淳朴，无论是学生还是教职员工都尚有古人之质朴遗风。那种口蜜腹剑、当面说好话背后下刀子的时髦坏蛋，我相信是一个都没有的。像古贺君这样温良笃厚的谦谦君子到了那儿，想必定会受到当地人士的普遍欢迎。因此，我辈确实应该为古贺君的此次调任好好地庆祝一番。最后，我希望古贺君赴任延冈之后，能在当地择一君子好逑之淑女而得配良缘，早日建立一个美满的家庭，好让那种水性杨花、无情无义之骚货羞愧而死。”

说完他大声地咳嗽两声，坐了下来。我听得畅快，又想大声鼓掌，担忧再次招致大伙的“注目礼”，只好作罢。

豪猪坐下后，这次轮到老秧瓜先生站起身来了。他离开自己的座位，特意走到整个筵席的下首处，毕恭毕敬地给大家深施一礼，然后言辞谦卑地作了答谢：

“此次基于鄙人自身的原因而调任九州，却承蒙各位为鄙人举办了如此盛大的欢送宴会，实在令鄙人诚惶诚恐，感激不已。尤其是方才聆听了校长、教头以及诸位同仁的临别赠言，令鄙人备感荣幸，定将永志不忘。尽管此次鄙人身赴偏远之地，然还望诸位万勿见弃，一如既往地予以眷顾。”

言毕，他又趴在榻榻米上行了个大礼，然后才回到自己的座位。嗨，真不知道老秧瓜君这老好人，要好到什么地步，简直好得没边了。校长、教头如此作弄他、排挤他，他竟然还毕恭毕敬地对他们表示感谢。如果说所谓的答谢之辞仅仅是走走形式的场面话倒也罢了，可看他的神态、语言、表情，完全是出自一片赤诚啊。

按理说，被如此圣人由衷地感谢，应该自惭形秽，臊得面红耳赤才对。可山狸也好，红衬衫也罢，却听了个一本正经，无动于衷。

致辞结束后，就听得四周全都发出了"哧溜——哧溜——"的声响。这是喝汤的声响。我也学着他们的样儿，喝了一口——好难喝！前菜中有鱼糕，黑不溜秋的，根本没做像。也有刺身，可切得也太厚了，简直跟生吞金枪鱼肉段差不多。即便这样，我身边这些家伙也一个个大快朵颐，吃得津津有味。估计他们根本就没尝过正宗的江户料理吧。

不多会儿，四下里开始热闹起来了。觥筹交错、推杯换盏。马屁精屁颠屁颠地跑到校长跟前去敬酒，奴颜婢膝，满脸谄笑，看着都叫人恶心。

老秧瓜君也挨个过来敬酒，看样子他是要敬上整整一圈，真够受累的。很快，老秧瓜就转到我的跟前，他将裙裤褶子理得笔直，然后说道："拜领一杯！"我虽然穿着憋屈的长裤，也只得恭恭敬敬地跪坐着，给他递上一杯酒[1]。我说：

“我刚来，你却要走。真是太遗憾了。你哪天动身？我一定要去码头送你。”

老秧瓜君听了忙说：

“哪里哪里，您教务繁忙，怎敢劳您相送呢？”

我心里已经拿定了主意，不管老秧瓜君说什么，我都一定要去相送——即便跟学校请假也要去。

过了一个小时左右，筵席上开始混乱起来了。

“快喝，喝一杯……

“怎么着？我叫你喝，你反倒要我喝了？”

像这样大着舌头连话都说不利索的家伙也出现了一两个。我觉得有些无聊，去上了一趟厕所。然后借着点点星光观赏起颇具古风的庭院来。这时，豪猪也过来了。

“我刚才的演讲怎么样，过瘾吧？”他洋洋得意地说。

我说非常赞同，只是还有一点不太满意。他马上问什么地方不满意。

“你不是说延冈那儿没有口蜜腹剑、当面说好话背后下刀子的时髦坏蛋吗？”

“嗯。”

1　日本旧时敬酒要先用对方的酒杯喝一杯，然后再给对方斟酒，请对方喝。

“光是‘时髦坏蛋’还不太过瘾。”

“哦，那应该怎么说？”

“应该说时髦坏蛋、诈骗犯、抽老千的、伪君子、江湖骗子、吓唬小孩的、与汪汪叫疯狗如出一辙的家伙。”

“我的舌头转不过来。你可真是能言善辩啊。别的不说，光是单词就记得多嘛。搞不懂，你为什么不能演讲呢？”

“这些都是为吵架预备着的，到演讲时就出不来了。”

“是吗？你现在不是说得挺溜吗？再来一遍怎么样？”

“再来多少遍也没关系。时髦坏蛋、诈骗犯、抽老千的、伪君子……”

我正说着呢，只听得地板一阵颤动，有两个家伙晃晃悠悠跑过来了。

“你们两个可不像话——竟然逃席——有我在就绝不能让你们开溜。快，喝——抽老千的？有意思。抽老千太有意思了。少废话，快喝！”

说完，便不容分说将我跟豪猪拖了就走。这两人原本像是要去上厕所的，因为喝醉了，估计一出了大厅就忘了自己要干吗了，所以才来纠缠我们的吧。或许醉鬼只会计较眼前的事，而将前前后后的事情全都抛到九霄云外了吧。

“听着，各位，我将抽老千的抓来了。大家都来罚他们的酒。一直罚到他们趴下为止。你们可不许逃走。”

谁也没想逃走，可他还是将我按在了墙上。我四下打量了一下，见饭菜依旧摆放整齐的食案已经没有了。有人扫荡了自己的那份之后，还远征到别人的领地。校长已经人影不见，不知是什么时候回去了。

“要伺酒的就是这儿吗？”

说话间三四位艺伎走了进来。我略感惊讶，但身体已被按在墙上动弹不得，只能作“壁上观”了。令人不解的是，刚才一直靠在壁龛前柱子上、颇为自得地叼着那支琥珀烟斗的红衬衫，这时却猛地站起来，朝大厅外走去了。他与迎面而来的艺伎擦肩而过。艺伎中有一人笑着跟他打了个招呼。看得出，那是最年轻最漂亮的艺伎。由于隔得远，听不太清招呼的内容，想必是“晚上好”之类的吧。谁知红衬衫不理不睬，径直走了出去，之后再也没露面。估计是紧随校长步伐，直接回家了吧。

艺伎一到，场内立刻热闹了起来。大伙吵吵嚷嚷，呼声四起，对艺伎表达了热烈的欢迎。随即有人玩起了猜子儿游戏[1]，喊声如雷，简直跟练习居合[2]时的吆喝声一般吓人。这

1　猜对方握着拳的手里有几颗石子或豆子的游戏。

2　一种坐着拔刀砍人的剑术。也是明治时代街头艺人的表现节目之一。艺人为了招揽看客，往往喊声如雷。

边厢又有人玩起了猜拳。“呀”“哈”地全神贯注比画着双手，比达克剧团[1]的提线木偶还要灵巧。而对面的角落里则有人高喊：

“喂，快来斟酒，快来斟酒！”

随即又摇晃着小酒壶改口道：

“快拿酒来，快拿酒来！”

一片鬼哭狼嚎、乌烟瘴气，简直叫人难以忍受。只有老秧瓜君一人无所事事，低头沉思。或许他在想，大家给自己开这么个欢送宴会，却并不为了与自己畅叙惜别之情，而仅仅是来饮酒作乐，甚至是来看自己出洋相。这样的欢送会开他做甚？！

又过了一会儿，一个个地扯开了破锣嗓子，荒腔走板地唱了起来。一个艺伎抱着把三弦琴来到我的跟前，说：

“小哥哥，您也唱一个吧。”

我说我不唱，你唱。于是她便唱了起来：

“打起鼓来敲起锣，咚咚锵，咚咚锵，迷路的孩子三太郎。三太郎，你在哪儿？咚咚锵，咚咚锵。敲锣打鼓走四方，只为寻找三太郎。咚咚锵，咚咚锵，寻找朝思暮想的三太郎。”

1　指明治时代最早到日本来演出的英国木偶剧团。

她只换了一口气便将整支曲子唱完了，说了声：

“啊，累死我了。”

谁叫你唱这么累人的了？挑一首轻松的唱不就是了吗？

这时，不知什么时候已经坐到我身边来的马屁精凑上前来说道：

“小铃，心上人刚见面却又开溜，太狠心了，是不是？”

他照例用的是说书人的腔调。那艺伎听了故作撇清地哼了一声：

“关我什么事？”

马屁精毫不介意对方的态度，改用义太夫[1]的腔调唱道：

“今日有缘巧遇郎君，谁料想……”

“去你的！”

那艺伎扇起巴掌在马屁精的膝盖上拍了一下。马屁精受宠若惊地谄笑起来。

这艺伎就是刚才跟红衬衫打招呼的那位。被艺伎打了还满心欢喜的，可见这马屁精也是个活宝。

“小铃呀，我要跳段《纪伊国》[2]，你用三弦伴奏一下。”

1　净琉璃（配合说唱的木偶戏，用三弦伴奏）的流派之一，由竹本义太夫首创于元禄（1688—1704 年）年间，明治时代十分盛行。

2　江户末期到明治时期的流行民俗曲名，和着三弦演唱。因其开头一句由“纪伊国在音无川的水上”而得名。

马屁精嫌不够出乖露丑，竟然还要跳舞呢。

对面那位教汉学的老先生，歪着一张没了牙的嘴哼哼唧唧地念道：

“妾身听不分明，郎君传兵卫，你我二人之间……[1]”

念到一半卡住了。他问艺伎：

“下面什么词儿来着？”

可见人上了年纪，记性就不行了。

另一个艺伎缠住了博物学老师。

“最近出了新曲了，我给您来一段，可得听好了——花月卷，系白缎带的时髦头，骑的是自行车，弹的是小提琴。半吊子英语说得溜，I am glad to see you.”

“哈哈，有意思，还夹带着英语呢。”

博物学老师听得津津有味，似乎还有些佩服。

豪猪扯开大嗓门喝令道：

“艺者！艺者！快来弹弦子。我要剑舞[2]。”

也怪他嗓门太粗了些，吓得艺伎们无人敢应。然而，豪猪毫不在意，不知从哪儿找了一根文明棍来代替“宝剑”，拉开架势，口中朗声吟诵：

1　这是净琉璃《近顷河原达引》中的台词。

2　明治时期流行的一种文娱形式，一边舞剑（即日本刀），一边吟诵汉诗。

“踏破千山万岳烟[1]……”

只见他走到大厅的正中央，独自表演起了平时秘不示人的绝技来。

而那边的马屁精已经跳完了《纪伊国》，跳完了《活惚舞》[2]，跳完了《架子上的不倒翁》[3]，这时已脱光了身子，裆下只系了一条越中兜裆布，肋下夹着一把棕榈扫把，嘴里哼唱着：“日清谈判破裂[4]……”在大厅里兜起了圈子，简直跟发了疯一般。

只有老秧瓜君依旧穿着和式礼服，毕恭毕敬地坐着。从刚才起我就对他寄予了万分同情。我心想，这个欢送会是为他张罗的，这不假，可怎么说也用不着强迫自己穿着礼服看别人光着身子跳舞吧。于是我走到他的身边，说：

“古贺君，您可以回去了。”

1　这是江户后期勤王志士斋藤一德（1822—1860年，参与樱田门外刺杀井伊直弼的行动）所作的汉诗《题儿岛高德书樱树图》中的第　句。全诗为：踏破千山万岳烟，鸾舆今日到何边。单蓑直入虎狼窟，一匕深探蛟鳄渊。报国丹心嗟独力，回天事业奈空拳。数行红泪两行字，付与樱花奏九天。

2　一种和着大众歌谣拍子起舞，轻快而滑稽的舞蹈。原为日本幕府末期的街头曲艺，明治时代开始在剧院演出。得名于歌谣中的衬词。

3　通俗歌谣名。此处指马屁精随着该曲的拍子跳舞。

4　当时的流行演歌《欣舞节》中的歌词。“日清谈判”指的是甲午战争后李鸿章去日本下关谈判。谈判的结果就是《马关条约》。

可他说：

“今天这场欢送会是为我而开的，先离场就失礼了。没事儿，您自便好了。”

竟然没有一点想离开的意思。

“有什么关系呢？欢送会也得有个欢送会的样子吧。你看这乌烟瘴气的，成什么了？走吧，不用客气。”

他还不想走，我硬拉着他走，刚要出大厅的时候，马屁精挥舞着扫把过来了。

“啊呀，主人怎么能先开溜呢？太过分了吧。不能放你回去，还要日清谈判呢。”

说着，他便伸出扫把拦住了去路。我早就对这小子憋了一肚子火了，此刻再也忍不住，大叫一声：

“日清谈判，日清谈判，你就是清清[1]。”

话音未落，我就猛地在他脑袋上揍了一拳。马屁精被揍晕了，隔了两三秒才回过神来。

“啊呀呀，不得了了，开打了，开打了。竟敢打我吉川大爷，公理何在？这就更需要日清谈判了。”

正当他胡言乱语的时候，豪猪见这边出了乱子，便停止了剑舞飞奔过来。看清局势之后，他从背后一把揪住了马屁

1　当时对清朝人的蔑称。

精的脖子直往后拽。

“日清，哎哟，哎哟哟……怎么净动粗呀？”

马屁精还想挣扎，被豪猪横向一甩，“咕咚”一声摔了个四脚朝天。后面的事情，我就不知道了。

我与老秧瓜君中途分手后，回到家里一看，已经过了十一点了。

十

由于要召开祝捷大会[1]，学校今天放假。

据说在练兵场上有庆祝仪式，山狸必须带领学生列队参加。我呢，作为一名教职人员，自然也得跟着去。

来到大街上一看，到处都是太阳旗，看得人眼花缭乱。我校学生共有八百来人，由体操老师整理好队伍，一队与一队之间稍稍留出一段空隙，为的是将一到两名教师安插其间，作为监督。如此安排看似巧妙，实则毫不管用。因为学生都是毛孩子，一个个都以调皮捣蛋为天职，不做点违反纪律的事情就有损于学生之脸面似的，跟去几个老师又能顶个屁用？没人叫他们唱歌他们便自作主张唱起了军歌，唱过了军歌又莫名其妙吼叫了起来。这哪像是学生队伍呢？简直就是一帮横冲直撞的浪人嘛。即便是不唱歌不哄闹的时候嘴巴也不肯闲着，叽里呱啦不知在说些什么。虽说闭上嘴并不妨

1　指庆祝日本在日俄战争（1904—1905 年）中获胜的大会。本书发表于 1906 年，可见这样的情节在当时是具有相当强烈的现实感的。

碍走路，怎奈日本人似乎都是嘴巴先出娘胎的，随你如何呵斥都没用。即便是说话也不是一般的话，专说老师的坏话，可见这帮人是十足的下流坯子。

我原以为上次“值班事件”的学生既然道过了歉，事情也就过去了，事实上根本不是那么回事儿。借房东婆婆的话来说，那是我大错特错，差了十万八千里了。学生是道了歉，可并非是真心悔过之后的道歉。仅仅是慑于校长的命令，形式主义地对我低头认错罢了。商人即便低头认错也不会改掉其使奸耍滑的本性，学生道完歉后，绝不会金盆洗手，从此告别恶作剧的。

仔细想想，这社会似乎就是由与这帮学生相类似的家伙组成的。兴许可以这么说吧，看到别人认错、道歉就信以为真，就此原谅了对方的人，才是迂腐透顶的傻瓜。既然道歉是假道歉，那么原谅也只需要假原谅就行了——如此考虑应该没什么不对吧。看来，若要想对方真心道歉，就一定要痛下杀手，将对方教训到真心悔过才行。

自从我嵌入到队伍之间跟他们一同行进之后，“天妇罗”啦“米粉团子”这类的声音就从未停息过，此起彼伏，根本不知道出自谁的嘴巴。就算知道了是谁说的，等要追究的时候，他们也肯定会抵赖说：

“我又没说老师你是天妇罗，又没说你是米粉团子。老师你太神经过敏，太疑神疑鬼，是你自己听错了那摩西。”

他们的这种劣根性，源自当地从封建时代以来所养成的恶习，不管怎么开导怎么教育，他们也是改不了的。在这种地方只消待上一年，即便清白如吾辈恐怕也不得不与之同流合污。现在他们用那种能随时撇清责任的卑劣手段来往我脸上抹黑，而我只能吃哑巴亏——天下哪有这种傻瓜呢？他们是人，我也是人。他们是学生，是孩子，这不假，可一个个傻大黑粗的，比我还壮实呢。所以说，不以某种方式报复他们一下，简直是天理难容。倘若我采用常规手段进行报复，他们肯定会奋起反击。倘若我说“都是你们不对”，由于他们早就给自己留好了后路，定然会振振有词、滔滔不绝地进行狡辩。通过狡辩，他们将自己装扮得冠冕堂皇，清白无辜，进而攻击我的不是之处。由于是我主动报复，出于自我辩护的需要，必定要列举出他们的不是来，否则就达不到辩护的目的。如此一来，明明是他们捣乱在先，可给人的感觉反倒是我无事生非，挑衅找茬。这会让我陷入极为被动的境地。而如果听之任之，来他一个“死猪不怕开水烫”，那只会助长他们的歪风邪气。从大的方面来说，也不利于世道人心。如此说来，被逼无奈之下，我也不得不采用他们那种事先留好后路，不会叫人揪住尾巴的手法来进行报复了。一旦到了如此地步，我这个“江户哥儿”也就彻底堕落了。堕落归堕落，倘若不这样，我一个正常人被他们搞上一年，也必定要完蛋。换句话说，要么堕落，要么完蛋，两者必居其一。唉，说来说去，还是回到早日返回东京、跟阿清婆一起度日的老路上。难道我就是为了堕落才来这种穷乡僻壤的吗？真是岂有此理！即便回去送报纸，也比如此堕落强啊。

我一面如此这般地寻思着，一面跟着队伍往前走。这时，前队突然乱哄哄地闹腾了起来。与此同时，队伍也猛然停了下来。我觉得有些蹊跷，便从右侧脱离了队伍朝前方望去。只见先头部队在大手町尽头、即将转向药师町的拐角处堵住了，推推搡搡，跟潮涨潮落似的乱作一团。

“安静！安静！”

体操老师声嘶力竭地高喊着跑来。向他打听了一下，说是在拐角处，我们这所普通中学的学生与师范学校[1]的学生发生了冲突。

据说无论在什么地方，普通中学与师范学校的关系都很差，简直可以说是生死冤家。也不知道是什么缘由，反正都看对方特别不顺眼，动不动就干架。或许是待在这种乡下小地方太无聊了，想借此来发泄一下，消磨时间吧。

我也是喜欢干架的，所以听说发生了冲突马上来了劲，

1　即爱媛师范学校。现在的爱媛大学教育学部。

立刻朝前方跑去。只听前面的学生嚷嚷道：

“地方税[1]，一边去！”

后面的学生则高喊着：

“冲过去！冲过去！”

我从碍事的学生人群中抽出身来，快到拐角处时听得一声高亢的号令声：

“起步——走！”

紧接着师范学校的学生便趾高气扬地整队出发了。

看来，争道风波已经和平解决。也就是说，普通中学这方面退让了一步。也难怪，就学校等级而言，师范学校是略胜一筹。

祝捷仪式十分简单。旅团长念了贺词，知事念了贺词，大家一起高呼“万岁”，这就完了。

听说余兴节目安排在下午，所以我决定先回住处，将近来一直牵肠挂肚的，给阿清婆写回信这事儿给办了。

由于阿清婆上次来信要求我回信尽可能详细，所以我必须认认真真地写。可一旦真的提起笔来，才发现要写的事情太多，简直是老虎吃天，无从下嘴。写这事儿吧，太麻烦；

1　当时日本师范学校的经费是从地方税款中拨付的，学生享受官费待遇，所以招来普通中学学生的嫉恨。

写那事儿吧，没意思。有没有能够让我“唰唰唰”地顺溜地写下去，而又能让阿清婆读得津津有味的事儿呢？我思前想后，搜肠刮肚，最后还是一无所得。

我磨磨墨，润润笔，盯着卷纸发一会儿愣——盯着卷纸发一会儿愣，润润笔，磨磨墨。同样的事情反过来倒过去做了好多遍，最后彻彻底底地泄了气。

“书信这玩意儿我是写不来的。”

长叹一声之后，我盖上了砚台的盖子。

写信太麻烦了，还是跑到东京直接跟阿清婆说来得爽快。倒不是我不体察阿清婆的用心，只是按照她的要求来写信，简直比让我绝食三礼拜还难受。

扔下了纸笔，我便一骨碌躺倒了身子。曲肱而枕，眺望着庭院里的景致，心里却依旧在惦念着阿清婆。

当时，我是这么想的：虽然跟阿清婆天各一方，可只要如此强烈地惦念着她，那么我的心意肯定能够与之相通。既然能够心灵相通，也就没必要通信了。她收不到我的来信，或许就会觉得我平安无事了吧。本来嘛，书信只要在一病不起或一命呜呼的时候写写不就得了吗？

这庭院有三十来平米大，没有费心栽种什么花木，只有一棵高高的橘树，从外面隔着围墙，老远就能看得到。我每次回家，总要对其端详一番。对于一个从未离开过东京的人来说，结在树上的橘子，这本身就是稀罕之物。

这翠绿的果实将会渐渐成熟，变成黄色，到时候满树金黄，一定非常好看，想必会令人心醉神迷吧。眼下就已经有半数左右的橘子改变了颜色。

我问过房东婆婆，她说这橘子汁水多，味儿又甜，非常好吃。说是等橘子成熟了，尽管让我吃个够。我说那就每天吃几个吧。估计再等上三个礼拜就能吃了——我总不至于在三个礼拜之内就离开此地吧。

正琢磨着橘子的事呢，豪猪突然来找我说事了。

“今天开祝捷大会，想跟你一起打个牙祭，所以特意买了牛肉[1]来。”说着，他便从袖兜里拽出一个笋壳包，“砰”地扔到房间中央。我在这里吃的不是红薯就是豆腐，连上面馆吃碗荞麦面、去点心店吃几个米粉团子都被禁止了，眼下正是嘴里“淡出个鸟来”的当口儿呢，请我吃时兴的牛肉可谓来得正好。我去房东婆婆那里借来锅和砂糖，立刻开煮。

豪猪大口嚼着牛肉，问道：

“你知道红衬衫有个相好的艺伎吗？”

我说：“怎么不知道？不就是上次给老秧瓜君开欢送会

1　日本人吃牛肉还是明治维新以后的事情，所以此处写到吃牛肉火锅，在当时算是相当新潮的。

时来过的那个吗？”

“不错。最近越来越发觉，你这小子挺机灵的嘛。”豪猪夸我道。

“那小子开口品味，闭口精神娱乐的，自己倒好，背地里偷偷地勾搭艺伎，真不是个东西！再说，假如对别人的娱乐宽容一点倒也罢了，可他偏要横加干涉。上次他不就说你吃荞麦面和米粉团子不利于学校管理，还通过校长之口对你提出过警告了吗？”

“嗯，按照那小子的逻辑，勾搭艺伎算是精神层面的娱乐，而吃天妇罗、荞麦面和米粉团子就是物质层面的娱乐了。既然是精神层面的娱乐，他干吗不光明正大、大大方方地搞呢？你瞧他那副缺德样儿！看到相好的艺伎一进屋，赶紧脚底抹油开溜了。就想着来个瞒天过海，神不知鬼不觉。哼！我最瞧不上这样的。别人一说他，他就说什么‘我不知道’啦、‘俄罗斯文学’啦、‘俳句和新体诗是兄弟’啦，净想着怎么忽悠人。这种软骨头根本就不是男人，简直是御殿侍女[1]转世。说不定他老爸就是汤岛的相公[2]。”

“汤岛的相公是个什么玩意儿？”

1　日本天皇家、将军家及诸侯家的内室侍女，在日本的戏剧等传统艺术中，这些人事专以彼此造谣、陷害为能事。

2　日本江户时期，东京市内的汤岛是相公（男妓）聚居的地方。

“嗨，我也说不好，反正不是男子汉大丈夫——喂，老兄，那块肉还没熟呢。吃生肉可要生绦虫的哦。”

“是吗？差不多能吃了吧——我还听说，红衬衫还背着人去温泉町的角屋跟艺伎幽会呢。”

“角屋？就是那家客栈吗？”

“客栈兼饭馆。所以说要想狠狠地教训他，就得等他带着艺伎走进那儿之后，将他堵个正着，然后当面责问他。”

“要逮着这么个机会，还得值夜班盯梢吧？”

“嗯，那是自然。在角屋的前面不是还有一家叫‘枡屋’的吗？在它邻街的二楼开一个房间，再往拉门上抠一个洞，就能监视对面的动静了。”

“监视的期间，他会来吗？”

“会来的。当然了，只监视一个晚上是不够的，要有打持久战的准备，至少要连着监视两个礼拜吧。”

“那可是十分累人的呀。我老爸临死前，我为了照看他，曾经一个礼拜没睡觉，过后脑瓜就一直昏昏沉沉的，跟生了一场大病似的。”

“身体受点累算得了什么？像他那样的坏蛋放任不管的话，简直就是日本的祸害。我可要替天行道，铲除奸佞。”

“痛快！好嘞，事情决定后，也算上我一份。今晚就要开始行动吗？”

“今晚还不行，还没跟枡屋打过招呼呢。”

“那么，你打算从哪一天开始？”

“近期内定将实施。反正我会通知你的，到时候你再来助阵也不迟啊。”

“好呀。我召之即来，来即能战。要讲计谋我是略逊一筹的，可要讲打架，那可是身手不凡的哦。”

正当我跟豪猪热火朝天地研究着惩治红衬衫的作战计划时，房东婆婆进来说：

“门口来了个学生，是来找堀田先生的那摩西。说是已经去过您府上了，您不在，估摸着您会来这儿，所以就找来了那摩西。”

房东婆婆中规中矩地跪在门槛边，说完了也不走，等着豪猪的回话。豪猪说了句“是吗”便走了出去。不一会儿，他回来说道：

“那学生是来邀我去看祝捷大会的余兴节目的。说是今天从高知[1]那儿来了一大帮人，要表演什么舞蹈，让我一定去看看。听说那舞蹈十分稀罕，一般见不到。你也一起去吧？”

豪猪兴致极好，极力动员我也去。

1　地名，位于日本四国地区的南部，明治以前属于土佐藩，出过坂本龙马等著名的维新志士。

说起舞蹈，我在东京看得多了。每年八幡神[1]出庙会的时候，神舆[2]也总会转到我家的街区来的，所以汐酌[3]啦什么的舞蹈早就看够了。所以我本不想去看土佐佬的野蛮舞蹈，可既然豪猪如此盛情相邀，我也不能驳了他的面子，于是跟着他出门了。

到底是哪个学生这么热心，来回折腾地非要请豪猪去看舞蹈呢？我心里正纳着闷呢，来到门外一看，原来是红衬衫的弟弟——咦，怎么会是他？

进入会场后，发现就跟回向院搞相扑比赛或本门寺[4]举办法会似的，四下里插了好多长条锦旗，又在空中横一道竖一道地拉起好多绳子，上面系满了各色国旗，仿佛将世界各国的国旗都借来了，将偌大的天空装扮得五彩缤纷，令人眼花缭乱。

在会场的东侧角落里，临时搭建了一个简易舞台，据说

1　相传是应神天皇的化身，作为弓箭之身，在日本各地都得到供奉。此处所说的庙会应该是东京“深川八幡祭”，也称为“水挂祭”，于每年 8 月 15 日举行，由于天气炎热，出会时人们还相互泼水。

2　也称神轿，一般为黑漆木制，上供神像。出会时由多人抬着，前后簇拥着载歌载舞的游行队伍。

3　舞蹈名称。表演海女舀海水晒盐的劳动场景。

4　指日莲宗总大山之东京大田区的池上本门寺。每年 10 月 11 日至 13 日都会举办法会，据说参拜人数多的时候会有 100 万，热闹异常。

来自高知的什么舞蹈等会儿就在那上面表演。舞台右边十多丈远的地方，用芦苇席子隔出了一块空间，里面摆放着各色插花。许多人饶有兴致地看着，一个个地全都表现出赞叹不已的神情。

要我说，那种玩意儿简直无聊透顶。倘若你们真的这么喜欢被扭成奇形怪状的花草竹木，那么嫁个佝偻、跛脚的老公不就更值得炫耀了吗？

舞台的对面正一个劲儿地燃放烟火。阵阵烟火之间还不时蹿出个气球来，上面写着“帝国万岁”之类，慢慢悠悠地飘过天守阁的松树上方，往兵营那边落下去了。紧接着又是“砰”一声巨响，一颗黑乎乎的丸子“嗖”的一声划破秋日的天空，高高飞了上去，然后在我的头顶上“夸啦啦”地爆裂开来，一股股青烟成伞骨状喷射而出，最后慢悠悠地飘散向四面八方。

气球又升起来了。这次写着的是红底白字的“陆海军万岁”的字样，风一吹，慢慢悠悠从温泉町往相生村方向飘去了。估计会落在观音庙内吧。

上午举办庆典仪式时，人并不多，可这会儿已然是人山人海。熙熙攘攘、吵吵嚷嚷的人群，简直令人震惊：这乡下怎么也住着这么多的人呀？虽说看不到几张眉清目秀的聪明面孔，可就人数而言倒也确实不可小觑。

不多一会儿，来自高知的那支舞蹈就开始表演了。

一听说舞蹈，我先入为主地以为是藤间[1]之类的传统舞蹈，谁知完全不是那么回事儿。只见舞台上站着三排大汉，每排十人，一个个都威武地扎着那种在脑后打结的缠头，下身穿着紧腿裤，手里提着明晃晃的钢刀，样子怪吓人的。前排跟后排之间靠得很近，估计只有一尺五寸左右吧，而左右两人之间的间隔与之相比只有更窄，不会更宽。其中一人脱离了队列站在舞台边上。这汉子穿着普通的裙裤，没扎缠头，手里也没握明晃晃的钢刀，取而代之的是在胸前挂了一面鼓。这鼓跟表演太神乐[2]时敲的鼓一模一样。这汉子随即“咿呀呀、哈啊——”地拖长了腔调，一边唱着莫名其妙的谣曲，一边“咕咚、咕咚咚”地敲起鼓来。这情形想象成三河万岁[3]和普陀洛[4]的混合物应该就差不离儿了。歌声拖腔很长，跟夏天里的饴糖似的，黏黏糊糊，不干不脆。不过其间会插入“咚咚”的鼓声来断句，故而虽说连绵不断，听起来倒也是有板有眼。

1　日本舞蹈流派之一。相传为藤间勘右卫门（1813—1851年）所创。

2　原为伊势大神宫举行奉纳时所奏的神乐。这里指表演舞狮子、耍盘子等杂技的伴奏乐。

3　日本爱知县三河地区过新年时流行的一种走街串户的贺年歌舞。

4　一种歌词中带有“观音灵场普陀洛”的僧歌。

跟随着这汉子的鼓点，三十把寒光闪闪的钢刀一齐挥舞起来。左劈右砍的，迅猛异常，简直快如闪电，让人在一旁看得禁不住胆战心惊、毛骨悚然。由于每个人前后左右一尺五寸的范围内也都站着个活人，并且同样手持一把明晃晃的钢刀，同样左劈右砍着，只要出现分毫的不协调，势必造成自相残杀，血流成河。倘若人站着不动，仅仅是前后左右地挥动刀子，或许还不算太危险，可事实上这三十条汉子还一会儿跺着脚齐刷刷地转向一边，一会儿滴溜溜地转上一圈，一会儿又膝盖打弯蹲下来……只要相邻之人快上一秒或慢上一秒，自己的鼻子或许就要被他割掉，而对方的脑袋可能也会被自己削去一块。由此可见，白刃钢刀的活动范围被严格限制在一尺五寸见方的空间之内，前后左右每一个人都必须朝着同一个方向，以同样的速度来挥舞钢刃。真是令人惊叹不已！这玩意儿远非汐酌啦关扉[1]之类的舞蹈可比了。

一打听，说是不练到熟而又熟，是很难做到如此整齐划一的。其中难度最高的，据说还是那位唱着“万岁”调的“咚咚”君。三十条大汉的举手投足、弯腰屈膝，全凭这位“咚咚”君一人的鼓点而决定。你看他“咿呀呀、哈啊——”拖着九转十八弯的长腔哼哼着，完全一副悠闲自得

1　是日本歌舞伎常磐津净琉璃《积恋雪关扉》的简称。

的模样，其实他的责任最为沉重，自然也最费心力。真是不可思议啊。

我跟豪猪全神贯注地观看台上的舞蹈，正激动不已、叹为观止的当口儿，二十来丈开外的地方突然爆发出“哇——”的呐喊声，刚才还稳稳当当各自观赏游览的人们，猛然慌乱起来，如同潮水般开始或左或右地涌动起来。

“打架了！打架了！”

一片嚷嚷声中，只见红衬衫的弟弟从别人袖子底下钻出来对豪猪说道：

“老师！他们又开仗了。中学生为了报早上的一箭之仇，正在跟师范生决战呢。老师，您快来吧。”

说完，他一缩脑袋，又消失在人海之中，不知溜到哪儿去了。

豪猪口中嘟哝道：

“这帮不肯消停的小混蛋，报的哪门子仇呢？”

说着，便避开四处奔逃的人群，撒腿朝出事地点跑去了。想来他认为不能坐视不管，要前去平息事端吧。我自然也不会逃避，紧随着豪猪的脚步也奔赴了“战场”。

此刻正是激战方酣，双方斗得不可开交的时候。师范生大约有五六十名，而中学生的人数比他们多出三成左右。师范生全都穿着校服，中学生在庆典仪式后大多已经换上了日常的和服，因此，敌我双方一目了然。然而，双方正纠缠在一起，打得难解难分，叫人想拉架也无从下手。

豪猪似乎也颇觉为难，在一旁怔怔地观察了一会儿眼前的乱象，最后，他看了我一眼，说：

“顾不了许多了，得赶紧将他们拉开。要不，警察来了就麻烦了。”

我二话不说，一下子就冲到了战斗最激烈的地方。

“住手！快住手！你们如此胡闹会损害学校名誉的。还不住手！”

我极尽全力叫喊着一路往前冲，想在敌我双方的交界处冲开一条通道。可事实上根本办不到，才冲进去三四米，便进退两难，动弹不得了。

眼前一个大个子的师范生，正与十五六个中学生扭打在一起。

“叫你们住手，还不住手？”

我冲上去一把揪住了那师范生的肩膀，想把他拉开。正在此时，不知哪个在我脚下使了个绊子。受到这一暗算后，我松开了那小子的肩膀，“咕咚”一声跌倒在地。有个家伙趁机用坚硬的鞋底踩住我的后背，站到了我的身上。我双手双膝用力，猛地往地上一撑，跳起身来。那家伙便往右边一倒，摔了个人仰马翻。

我站起身后四下一看，见隔着五六米远，豪猪那硕大的身体正被学生们裹在中间推搡，摇摇晃晃的，嘴里还不住叫唤着："住手！住手！不许打架！"

我对他高喊道："不行了。不管用啊。"

他没有回答，估计根本就没听见吧。

恰在此时，一颗石子"嗖——"地破风而来，正中我的颧骨。我刚一愣神，又有个家伙往我后背上揍了一棍。

"老师也出场了，打呀，打！"有人喊道。

"老师有两个人呢，一大一小。快扔石子啊。"另一个喊道。

"混蛋！胡说些什么？你们这些乡巴佬！"

我怒吼着猛地朝身边一个师范生的脑袋揍去。又一颗石子"嗖"地飞来，不过这次没打中，从我的小平头上擦过，飞到后面去了。我看不到豪猪，不知他的境况如何。我心想，到了如此地步，也就怪不得我们了。原本是来劝架的，可又是被人辱骂又是遭石子攻击的，难道就这么吃了哑巴亏，不声不响地溜走吗？你们当我是什么人了？虽说我个子不高，可要论打架，我可是久经阵仗的老手啊。想到这儿，我也不管三七二十一，抡起胳膊跟他们对打了起来。

这时，有人高喊："警察来了，警察来了！"

只听得这么一嗓子，原本如同身陷泥潭一般动弹不得的身子忽然一下子轻松了起来。原来敌我双方的学生早已一哄而散，全都撒丫子了。好你们这些乡巴佬。要论逃跑，简直比库罗帕特金[1]还要在行啊。

我心想豪猪不知怎样了，一看，他正在原地擦鼻子呢，身上那件带族徽的单层礼服已被撕得拖一块挂一块。他的鼻梁挨了揍，出了好多血。鼻头又红又肿，看着就叫人难受。我身上那件碎白点子夹袄上也满是泥污，不过比起豪猪的礼服来受损程度要小得多。可是我觉得脸颊上火辣辣的，疼得不行。豪猪告诉我说，出了好多血呢。

警察来了十五六名，可学生全都逃得没影了，结果他们抓住的，总共只有我跟豪猪两人。我们通报了姓名，讲了前后的经过。可他们说，不管怎样，先去警察署走一趟。

到了警察署，在署长跟前又讲了一遍始末根由，我才回到了住处。

1　即阿列克谢·尼古拉耶维奇·库罗帕特金（1848—1925年），俄国步兵上将。日俄战争期间任远东军总司令。在日俄战争中屡战屡败，被人称为逃跑司令。

十一

第二天睁开眼睛，我就觉得浑身疼痛。难道好久不打架，身子骨就变成如此熊样了吗？照这样的话，以后不能太过托大了。我躺在被窝里正寻思着呢，房东婆婆拿了张《四国新闻》[1] 放在我的枕边。老实说，我现在连看报纸都觉得吃力，但又想到：堂堂男子汉怎么连这么点儿轻伤都扛不住呢？于是我趴着身子打开了报纸。看到第二版时，我不由地大吃一惊：昨天打架之事赫然在纸上！准确地说，令我吃惊的倒还不是打架之事见诸报端，而是内容如此报道：

中学教师堀田同近期由东京来此校任教的某轻狂之辈，不仅教唆纯朴善良之学生爆发骚动，两人还亲临肇事现场，实地指挥学生对师范生滥施暴行。

1　这是香川县的地方性报纸，创刊于1889年。夏目漱石赴任松山中学是在1895年，可见选用该报纸并非虚构，是与史实相一致的。

紧接着又附加了这么一段评论：

想本县之中学，素以温良敦厚之校风而为全国学界所仰慕，可吾校如此优良品质，如今却因二轻薄竖子而横遭毁损，进而致使吾全市为之蒙羞。事已至此，吾辈自当拍案而起，追究其责任。然，吾辈深信，不等吾辈愤然采取行动，学校当局定会对此二无赖施以适当之处分，使其再也无法在教育界立足。

通篇报道不仅言辞恶毒，更为可恶的是，还在每个字旁加了着重点[1]，一个个黑乎乎的，跟艾灸的燃点似的，看得我如坐针毡。

“放你娘的狗屁！”

我大叫一声，从被窝里一跃而起。说也奇怪，刚才浑身的关节还疼痛难耐呢，等我纵身跳起来后，就跟忘了似的不觉得疼了。

我将报纸揉作一团扔到院子里，想想还是不解气，又特意将其捡回后带到茅房，狠狠扔进了粪缸。

报纸这玩意儿简直就是造谣专家！世上再也没什么比

1　日本的报纸都是竖排版的，至今如此，所以着重点是加在字的右侧的。

报纸更能造谣生事、胡说八道的了。居然将本该由我来说的话，抢先都给说去了。什么叫“近期由东京来此校任教的某轻狂之辈”？普天之下有名叫“某”的人吗？也不好好想一想，小爷我也是名门之后，也是有名有姓的。想看我的家谱吗？我可以让你们从多田满仲开始，挨个儿将我的祖宗全都顶礼膜拜下来。

我洗了把脸，脸上传来一阵剧痛。去跟房东婆婆借镜子时，她问我：

“早晨的报纸看了吗那摩西？”

“看了，已经被我扔粪缸了，你要的话自己去捡吧。”

她吓了一跳，悄悄退了下去。

我照了一下镜子，见脸颊跟昨天一样，还带着伤呢。尽管模样不济，可也是我的宝贝脸呀。想想就窝火：脸上受了伤，还被人没头没脑称作什么“某轻狂之辈”，真是倒了八辈子的血霉了。

倘若有人以为我看了今天的报纸就害怕了，不敢到校上课了，那么我的一世英名也将付诸东流。所以我吃完早饭立刻出门，成了第一个到校的老师。之后每进来一个，看到我的脸就嘻嘻发笑。有什么好笑的？我的脸又不是你们修理成这样的。

不一会儿，马屁精也来了。

“啊呀，昨天你可是立了大功。嚯，你的脸怎么成这样了？光荣负伤啊。”

他的冷嘲热讽，兴许是想趁机报欢送会上的一拳之仇吧。我说：

“少来多管闲事！躲一边去吮你的毛笔尖吧。”

“啊呀呀，得罪了得罪了。不过，你一定很疼吧？”

“疼不疼关你屁事！这是我的脸蛋，用不着你操心。”

我怒吼了一声之后，那厮才老老实实地坐到对面自己的座位上。不过他依旧偷看我的脸，跟邻座的历史老师一边低语，一边窃笑。

不一会儿，豪猪也来了。豪猪的鼻子又肿又紫，仿佛一碰就会流脓。或许是自我陶醉的心理作怪吧，我觉得他脸上挨的揍要比我厉害多了。我的桌子跟豪猪的并排着，我和他本就是一对好邻居，如今倒霉的是，桌子正对着门口，两张挂了彩的脸这么并排陈列着，甭提有多难堪了。其他人只要觉得无聊，眼睛就往我们这儿瞟。他们嘴上说什么“真是遭罪了”，心里肯定在骂“这两个笨蛋”，否则也不会窃窃私语、嘿嘿偷笑了。

我一走进教室，学生们就鼓掌欢迎。有那么两三个甚至喊出了“老师万岁”，也不知他们是真心捧场，还是在拿我开涮。

当我跟豪猪如此这般成了众人关心的焦点时，唯独红衬衫还跟往常一样，悄无声息地来到我身旁，半是安慰，半是道歉地说道：

“真是飞来横祸啊，我对你们是寄予深切同情的。关于报纸上的报道，我已经跟校长商量过，办理了要求更正的手续，你们不必担心。由于是我的弟弟邀堀田君去的，如今出了这样的事情，我觉得非常过意不去。关于此事，我会尽力加以妥善解决，还望予以理解。”

到了第三节课的时候，校长从校长室里走出来，说道：

“报上居然会这么写，真是令人头痛啊。倘若能顺利解决就好了。”

一副忧心忡忡的样子。

其实我倒并不担心什么。我早想好了，如果要免我的职，我就抢先递交辞呈。只是考虑到自己并无过错却主动引退，白白助长了报社的嚣张气焰，以后他们更会胡说八道了。因此，我觉得应该让报社做出更正，而自己哪怕仅仅是出于赌气也要坚守岗位，这么着才合情合理。我原想回家时绕道去报社交涉，因为听说学校已经出面办理更正手续了，也就作罢了。

我跟豪猪找了个校长跟教头都有空的时间，向他们如实汇报了当时的情况。校长跟教头得出的结论是：

“果然不出所料。看来是报社对学校怀有积怨，才故意写出如此报道的。”

之后，红衬衫来到教员休息室，踱到每一个人的身边，不仅为我们的所作所为进行辩解，还将他弟弟邀豪猪出去的事说得跟自己的过失似的。于是大家便口口声声说“都是报社不好。简直不像话。你们二位真是受委屈了”，云云。

回家路上，豪猪提醒我：

“我说，红衬衫那小子苗头不对啊。得留神，否则就会中他的招。”

我说：“嗨，那小子的苗头没对的时候，又不是一天两天了。”

豪猪见我还拎不清，就挑明了说道：

“你怎么还不明白呢？这一切都是他安排的诡计。昨天特意把我们叫出去，就是为了让我们卷入打架事件。”

这一层我倒真的没想到。想不到豪猪这家伙粗中有细，比我有心眼得多。佩服！佩服！

“他先是让我们卷入打架事件，随即暗中联络报社，让他们写出那种报道来。真是个阴险毒辣的坏蛋。”

“连那个报告也是红衬衫策划的吗？啊呀，太出人意料了。可是，人家报社的记者就这么肯听他的话吗？”

“什么听不听的，要是他在报社里有熟人，还不是一句话的事吗？”

“他在报社里有熟人吗？”

“嗨，你管他有没有熟人呢。即便没有熟人，他只需如此这般地瞎说一通，人家还不马上就照着写吗？”

“太可气了！这要真是红衬衫的圈套，那我们也许就要被开除了。”

“嗯，弄不好还真是吃不了兜着走啊。”

“既然如此，那我明天就递交辞呈，马上就回东京去好了。这种鬼地方，求我留下我也不留呢。”

“你辞职不打紧，可也伤不着红衬衫一根汗毛呀。”

“这倒也是，那你说，怎么才能让他也吃点苦头呢？”

“他是个老奸巨猾的恶棍，不论做什么事，早就研究过如何不留下把柄，如何不让别人揪住尾巴。所以要反击他确实是比登天还难啊。”

“这不麻烦了吗？难道我们就这么蒙冤受屈、忍气吞声了不成？啊，这也太窝囊了吧。气死我也！天道！是耶？非耶？[1]”

---

1 原文为“天道是耶非”，典出司马迁《史记·老子伯夷列传第一》：“倘所谓天道，是耶非耶？”意思是，假如有所谓的天道，那么这是天道呢，还是不是天道呢？在此表达的是“天理何在”之意。

“别急别急，先等上两三天，观察一下动静嘛。实在不行，就去温泉町抓他现行。除此之外，大概也没有别的办法了吧。”

“那他的‘打架阴谋’，就另说了？”

“不错！他们干他们的，我们干我们的。总之，一出手就要打在他们的‘七寸’上。”

“行啊。反正我是缺智少谋的，万事都仰仗你老兄谋划了。真到动手的时候，叫我干什么都行。”

就这么着，我跟豪猪分头回家了。我心想：红衬衫倘若果真像豪猪所说的那样，那可真是老奸巨猾了。要跟他比心计，我们恐怕没有胜算。说到底，还得靠拳头大、胳膊粗啊。怪不得这世界上老打仗呢，原来个人与个人之间的纠纷，最后也得靠武力解决啊。

第二天，盼望已久的报纸拿到后，我迫不及待地翻看了起来。然而别说更正启事了，连个撤销声明也没有。跑到学校去追问山狸，山狸说是明天可能才出。

到了第二天，也只出了个用六号字体印刷的小小的撤销声明，并没有报社出面的更正启事。我又去找校长理论，山狸说：

“我所能办理的手续也仅此而已了。”

想不到顶着一张山狸脸蛋的校长，平日里衣冠楚楚、人模狗样，竟如此无权无势，连让刊登虚假报道的乡下报社道个歉都做不到。我实在是气愤难耐，就说：“那我就自个儿去找报社主编理论好了。”山狸赶紧把我拦住，说：

“那可不行。你若找上门去，他们又该写污蔑你的那些文章了。”

接着他老和尚说教般开导了我一番，大致的意思是，一旦被报社写成稿子，无论真假，都拿它没办法了，只能自认倒霉。

既然报社如此混账，那就该早点将其捣毁才是啊。听山狸这么一说，我到今天才明白，原来一旦被报纸缠上了，就跟被王八咬住一般，甩都甩不脱。

又过了三五天，某个下午，豪猪愤然跑来说：

“时机终于成熟了，我决定要实施那个计划了。”

我说好啊，我跟你一起干，即刻便要与他结成死党。然而，豪猪却歪着脑袋说：

“你还是不参与的好。”

我问他为什么，他说：

“校长找过你谈话，要你递交辞呈了吗？”

我说没有啊，你呢？他说：

“今天在校长室里，校长对我说：‘真是万分遗憾，然而事出无奈，还请您好自为之吧。’”

“哪有如此办事的呢？那山狸估计是敲肚子敲过头了，把五脏六腑都敲颠倒了吧[1]。我跟你两人一起去的祝捷会会场，一起看的高知耍刀子舞，一起劝的架，不是吗？什么都是一起干的。既然要辞退也得让我们两人一起递交辞呈才对嘛。怎么乡下学校连这点道理都不懂呢？真是叫人干着急。”

“这都是红衬衫在背后搞的鬼。我跟红衬衫向来有过节，走到了这一步，终于是势不两立了。不过他以为，将你原封不动地留着也并无大碍。”

“我难道就会跟那红衬衫‘两立’了吗？‘并无大碍’？哼！想得美！”

“他大概以为你单纯可欺，所以留下了，也总有办法忽悠住你。”

“那就更可恶了。谁跟他‘两立’了？”

“他先将古贺君支走，接替者不是因故没有到任吗？如果这时将你我同时赶走，那学生的数学课就要开天窗了。”

“如此说来，是将我当作堵漏洞的了。混蛋！我会上他的当吗？”

隔天，我到校后立刻闯入校长室跟山狸谈判。

1　在日本的民间传说中，举办庙会的夜里，郊外的山狸听到祭神的鼓乐声后，就会聚在一起，和着鼓乐的节奏拍打自己的肚子。

“为什么不叫我递交辞呈？”

“哎？”山狸吓了一大跳。

“你让堀田老师递交辞呈，却又不叫我辞，天下哪有这样的道理？”

“这个嘛，学校自有考虑……”

“如此考虑大错特错。倘若我不用辞退，那么，堀田老师自然也不用了。”

“其中缘故不便细说——其实堀田君的离职也是情非得已，而我不认为你也有递交辞呈的必要啊。”

不愧是山狸啊，净说些不着边际的话。并且还保持沉着冷静，笃笃定定的。我被他逼急了，立刻向他摊牌道：

“不管你怎么说，反正我也递交辞呈。或许你以为可以让堀田老师一人辞职，而我却若无其事地留下来，但我可做不来这种寡廉鲜耻的事情。”

“那可不成啊。堀田跟你都走的话，学校的数学课就真没人上了……”

“有人上也好，没人上也罢，反正不关我事！”

“你怎么能如此任性呢？也得体谅一下学校的困境吧。再说，你来了不到一个月就辞职不干，写进你的履历也不好看呀。这方面你也不得不考虑吧？”

“履历不履历的，有什么关系？比起履历来，我更看重情谊！”

“没错，你的话言之有理——可谓句句在理，但我所说的也请你多少体察一下。如果你坚持要辞职，我是不会横加阻拦的，但希望你能等到接替之人来了以后辞职。总之，请你回去后重新考虑一下。”

叫我重新考虑，可道理如此清楚明白，又有什么好多考虑的呢？可是，我看到山狸的脸这会儿红一阵白一阵，怪可怜的，于是就答应他重新考虑一下，从校长室退了出来。

我没有搭理红衬衫。因为迟早要收拾他的，所有的事情凑到一块儿，到时候跟他一并算总账就是了。

我跟豪猪说了与校长谈判的经过，他说：

“我猜就是这么回事儿吧。”

他让我将递交辞呈的事儿先缓一缓，到了最后关头再辞也不迟。我接受了他的建议。看来豪猪这家伙要比我老练得多，我决定以后凡事都听他的。

豪猪终于递交了辞呈。跟一众同仁告别之后，他先去了海边的港屋，然后神不知鬼不觉地折回身来，住进了温泉町枡屋的二楼房间，在纸拉门上抠出个洞，开始了他的蹲守工作。知道这个秘密的恐怕只有我一个吧。

想到红衬衫不来则已，要来也定然是在晚上，何况黄昏时候会有学生来往出入，人多眼杂，也不可能出现，所以倘若要来，恐怕也是九点钟过后了。

开头两个晚上，我都蹲守到十一点左右，结果连红衬衫的影子都没看到。第三天，我从九点蹲守到十点半，还是落了空。再也没有比蹲守落空，半夜里独自回家更令人灰心丧气的了。

这样过了四五天之后，房东婆婆竟开始担心起来了。她说，你是有家室的人了，夜里这么贪玩可不好，还是收收心吧那摩西。嗨，我的“贪玩”跟她所想象的“贪玩”压根儿就是两回事儿嘛。我玩的可是替天行道、铲除奸佞的游戏啊。

话虽如此，连着一个礼拜下来毫无效验，到底也叫人倒了胃口。我是个急性子，劲头一上来，开夜工也好，干通宵也罢，万死不辞。缺点是无论干什么都没有长性。尽管这次是以豪情万丈的“天诛党[1]”自居，也照样会日久生厌。因此第六天时，我就不耐烦了。到了第七天，想干脆撂挑子不干了。在这方面，豪猪倒是十分顽强。从黄昏到夜里十二点，他一直将眼睛贴在拉门上，紧盯着角屋门前那盏圆罩瓦斯街灯的下方。我一去他那里，他就会给我看统计数字：今天

1　指幕末由激进的尊皇攘夷志士所组成的暗杀集团。他们自以为是在代替上天诛杀奸佞，暗杀看不顺眼的幕府守旧分子或提倡西洋学问的人。此处其实是“正义之化身”的意思，并不暗示哪个特定的组织。

进去了多少客人、住宿的几人、女客几人等等，令我惊叹不已。我说：“红衬衫会不会不来了呢？”他说：

“嗯，按理说该来了呀。”

他不时地抱着胳膊长吁短叹，真够可怜的。倘若红衬衫一次也不来，那么豪猪就一辈子都没法“替天行道”了。

到了第八天，我从下午七点左右走出寓所，先去慢吞吞地洗了澡，然后到街上买了八个鸡蛋。这是用来对付房东婆婆的“红薯攻势”的。我一边四个，将鸡蛋分别放进两个袖兜里，肩上照例搭着那条久负盛名的红毛巾，袖着手登上了枡屋的楼梯。豪猪一拉开门就对我说：

“喂，今儿个有门儿，嗨。”

那张韦驮天一般的脸瞬时神采飞扬了起来。直到昨天晚上，他还一直闷闷不乐的呢，连在一旁看着的我都觉得他死气沉沉的。如今见他鲜活有神，我也不由得立刻快活了起来。还没问他是怎么回事儿，就自顾自“好啊！好啊”地小小雀跃了一番。

“今晚七点半左右，艺伎小铃进了角屋。”

“跟红衬衫一块儿吗？”

“非也。”

“那不是白忙活儿吗？”

“艺伎是两个一起来的——所以我觉得有门儿。”

“何以见得？”

“你想呀，那小子多狡猾。说不定他让艺伎先来，随后自己再悄悄地溜进去呢。”

“嗯，也许吧。可眼下已经九点多了吧。”

“才九点十二分。”他从腰带里掏出镍壳表，看了一眼说道。

“喂，快把那盏洋灯灭了。纸门上映着两个和尚头，老狐狸会起疑心的。”

我“噗”地一口气吹灭了纸胎漆器茶几上的那盏台灯。这样一来，点点星光下，就只有纸拉门微微发亮了。此刻月亮还没有升起来。我跟豪猪将脸凑在纸拉门上，大气儿不敢出地监视着。只听“当——”的一声，挂钟敲响了九点半的钟声。

“到底来不来呀？今晚再不来，我可顶不住了。”

“我可是要干到资金全部用完为止的。”

“哦，你还有多少钱？”

“到今天为止总共是八天，付了五块六毛。为了随时都能走人，我每天晚上都跟店里结账。”

“你想得真周到。老板一定十分惊讶吧？”

“老板才不管这么多，就是我老闷在屋里憋得慌。”

“白天不是可以睡觉吗？”

“睡呀，可是不能出门，还不憋屈吗？”

“嗨，这替天行道也真是累人啊。要是最后再来个‘天网恢恢疏而有漏’，那可就倒霉到家了。”

“不会的。今晚肯定来！——喂，快看，快看！”

我见他故意压低了嗓门这么说，不由得精神为之一振。往下看去，只见一个戴黑帽子的男人抬着头从角屋的瓦斯灯下往暗处走去了。看错人了。正在我“啊呀呀”地叹息不已的当口儿，账房里的挂钟毫不留情地敲起了十点。看来今晚又泡汤了。

此时，周围已经安静了下来，连妓楼那边的鼓声[1]也能听得一清二楚。月亮从温泉町山后“突”地一下露出脸来，将街道照得亮堂堂的。就在这时，下面传来了说话声。由于我们不能伸出脑袋去看，无法探明来人究竟长什么模样，但能感觉到他们正由远而近地走过来。街面上传来了“答啦啦”的木屐声。我斜眼瞄去，至多只能看到两个人的影子。

“这下您得遂心愿了吧，绊脚石已被踢开了嘛。”

这条嗓子无疑是马屁精的。

“谁叫他老要强出头呢？我也是被逼无奈啊。”

1　日本古代的红灯区如江户的吉原等地，在关门时会击鼓通知客人退场。此处的鼓声应该是晚上十点钟的整点报时。

这是红衬衫的嗓音。

“那家伙跟那耍贫嘴的小混蛋是一路货。再说那小混蛋，虽是个好打抱不平的公子哥儿，倒也还有几分讨人喜欢。”

“那小子一会儿拒绝加薪啦，一会儿又主动辞职，简直就是个神经病。”

听到这儿，我恨不得立刻拉开窗户，飞身跳下二楼，将这两个小子痛揍一顿。费了老大的劲儿，我才管住自己。只见他们“哈哈哈”大笑着从那盏瓦斯灯的下方走进了角屋。

“喂！”

“喂！”

“来了！”

“终于来了！”

“这下子我放心了。”

“马屁精这个混蛋，竟然说我是什么‘好打抱不平的公子哥儿’。”

“嗯，他所谓的‘绊脚石’，自然就是我了。真是岂有此理！”

我跟豪猪必须在他们回去的路上伏击。可他们什么时候从角屋出来，却吃不太准。豪猪下楼去拜托店家，说是今晚可能有事要出去，拜托留着门，方便出入自由。如今回想起来，那旅店老板还真敢答应啊。要是换了别人，多半是要将我们当作盗贼的。

先前等待红衬衫时已经费了不少神经，如今这么一动不动地等他们从角屋出来，更是活受罪啊。睡觉肯定不行，老得透过门缝盯着又实在累人，心里面没着没落的。迄今为止，我还从未遇上过如此难熬的事情呢。我提议："干脆闯入角屋，抓他们一个现行！"可豪猪只一句话就将我给驳回了："我们现在闯入，会被人当作捣乱者而拦下；倘若讲明事由要求见面，他们会推说不在此地而逃之夭夭，或者藏入别的房间；即便我们能够出其不意地冲入里间，可房间有十几个呢，我们又不知道他们躲在哪个包厢。所以说，尽管寂寞难耐，可除了耐心等待也别无良策。"得，那就等着吧。我耐住了性子，左等右等，终于等到了早上五点钟。

一看到有两条人影出了角屋，我跟豪猪便立刻出门跟了上去。此时离头班火车还早着呢，他们两人必须步行走回城下町[1]。出了温泉町，有一条百十来米长的杉树林荫道，左右两侧都是田地。过了这条大道，便是一条贯穿田野、直达城下町的堤坝，四周散布着一些茅草房。

只要出了温泉町，在哪儿追上他们其实都无所谓，但我们觉得还是尽量在四下没有人家的林荫道上逮住他们更为稳

1　指学校所在地松山市内。

妥。为了不让他们发觉，我们时隐时现地在他们身后跟着。

离开小镇之后，我们发足狂奔，飞快地赶上了他们。那两人不知道出了什么事儿，吃惊地回过头来。豪猪大喊一声“站住”，伸手揪住了红衬衫的肩膀。马屁精惊恐万状，转身就想逃跑，我一个箭步蹿上前去，挡住他的去路。

“你身为教头，为何要去角屋过夜？”豪猪厉声质问。

“教头就不能去角屋过夜了吗？请问，哪里有这样的规定呢？”

红衬衫故作镇静，说起话来依旧咬文嚼字，可脸色已经微微发白。

“你不是说，去荞麦面店和点心店都不利于学校的管理吗？既然你如此循规蹈矩，为何又跟艺伎在旅店过夜呢？”豪猪继续攻击道。

我看马屁精老想着钻空子逃跑，便拦在他的前面，怒喝道：“什么叫‘耍贫嘴的小混蛋’？”

“我可不是说你，真的不是说你。”

这小子厚着脸皮一个劲儿地抵赖。

我这时才发觉，自己的双手正抓着两只袖兜呢。原来，一路追来时，我怕袖兜里的鸡蛋晃荡碎了，不自觉地将其抓在了手里。此时，我立刻伸手去袖兜里摸出两枚鸡蛋，“呀”地大叫一声，将其砸在马屁精的脸上。鸡蛋“噗嗤”一声碎裂开来，蛋黄从马屁精的鼻子尖上滴滴答答地往下掉。

马屁精吓得不轻，“啊呀”一声惨叫着摔了个屁股墩，口中高喊：“饶命！”

我买鸡蛋原本是为了自己吃，藏在袖兜里也不是为了用来打人。只是一时间气愤至极，才误打误撞随手便将其用作了武器。然而，看到马屁精摔了屁股墩之后，我当即意识到这一即兴发挥大获成功，于是便“混蛋！畜生”地骂着将余下的六个鸡蛋一股脑儿全都砸到了马屁精的脸上，将他的脸蛋子糊得满是蛋黄。

就在我蛋击马屁精的当口儿，豪猪与红衬衫的嘴仗也趋于白热化。

“你说我同艺伎在旅店过夜，你有证据吗？”

“我眼看着你那相好的艺伎在昨天傍晚时分进入角屋，你休想抵赖。”

“何用抵赖？我跟吉川君二人是在那儿过夜了。可艺伎昨天傍晚时分进没进角屋又与我何干呢？”

“闭嘴！”

豪猪猛地给了他一拳。红衬衫被揍得东倒西歪，嘴里嚷嚷道：

“你怎么动粗？简直是野蛮无礼。有理讲理，怎能诉诸武力呢？这不是无法无天了吗？”

“我就揍你个无法无天！”

说着，豪猪又给了他一拳。

“像你这样的奸猾之辈，不揍还待怎的？”

“噼里啪啦”又是一顿乱揍。

这会儿工夫我也已经将马屁精揍得不轻了。最后他们两人双双蹲在树根旁，也不知是动弹不得了，还是头晕眼花了，竟然都没想逃跑。

“怎么样？揍够了没有？没够的话，就接着揍！”

说着，我们又将他们揍了一通。

“够了！够了！”红衬衫喊道。

我问马屁精：“你怎么样？”

“也够了。”

“你们都是奸佞之徒，所以我们要替天行道。接受了此番教训，你们就该老老实实，规规矩矩的。要知道，不论你们如何巧舌如簧，正义的力量是不容你们为非作歹的！”

豪猪教训了他们一通，可这两人一声也没吭。或许已经被我们揍得连话都说不出了吧。

“我敢作敢当，不躲也不逃。今晚五点以前，我在港屋等着。若要找我，警察也好，谁也罢，你们尽管叫来。”

我见豪猪如此豪情，便也跟腔道：

“我也一样，不躲不逃。我跟堀田一起等你们。倘若要去警察署报案，你们尽管去。”

说完，我跟豪猪二人便迈开大步，扬长而去。

我回到寓所时还不到七点。回到房间后，我马上开始打点行李。房东婆婆十分惊讶，问我这是要干什么那麼西。我说：“婆婆，我回东京去带了老婆再一起来。”

结算了房钱之后，我立刻坐火车来到海边。进港屋一看，豪猪正在二楼房间里呼呼大睡呢。我心想，应该赶紧写一封辞职信，可又不知写些什么才好，于是只写了一句：“本人因故辞职返回东京，特此奉告。”便邮寄给了校长。

轮船是夜里六点起航。

我跟豪猪都累坏了，于是不管三七二十一，先美美地睡了一觉。醒来时已是下午两点。问店里的女侍有没有警察来找，说是没有。

“看来红衬衫跟马屁精都没敢去报案啊。”

我们相视大笑。

当天夜里，我跟豪猪离开了那个不干不净的地方。船离岸边越远，心里越是畅快。到神户上岸后，便坐上直达东京的火车，一直到了新桥车站，我才终于有了重返人间的感觉。当时跟豪猪分手后，直到今天还没机会重逢呢。

阿清婆的事情忘了讲了——抵达东京后，我连住处都没找，提着行李就直奔她那儿去了。

“阿清婆，我回来了！”

“啊呀，少爷，您怎么这么快就回来了呢？”

阿清婆说着，眼泪扑簌簌往下掉。我也非常高兴，说：

“乡下那种鬼地方再也不去了。以后我就待在东京，跟你一起过日子了。”

后来经人介绍，我进了“街铁[1]”，当了一名技术员。每月工资二十五元，房租六元。虽说没能住上带有气派门墙的豪宅，可阿清婆已经心满意足了。遗憾的是今年二月，阿清婆患肺炎去世了。真是可怜见的。

去世的前一天，她将我叫到身旁，说：

“少爷，求您了，我死后，要将我葬入您的寺庙里[2]。我要在墓地里等着您。”

因此，阿清婆的坟墓就在小日向的养源寺里。

明治三十九年（1906年）四月

---

1 东京市街铁道株式会社的简称，成立于1903年，1906年与东京电车铁道、东京电气铁道合并，称为东京铁道株式会社。1911年被东京市电气局（现为东京都交通）收购。

2 江户时代，幕府规定平民必须归依一所寺庙，死后就葬在该寺的墓地里。

译后余墨

本尼迪克特在《菊与刀》的第五章“历史和世界的亏欠者”中写道：“在公认的结构化关系中，巨大的亏欠经常刺激人们付出一切去报恩。但是要做一个负债者却不容易，愤怒也会随之而来。日本最著名的小说家夏目漱石曾在其名著《哥儿》中生动地描述了负债者是多么容易愤怒。男主人公哥儿是一个东京男孩儿，第一次在外省的小镇上教书。他很快发现自己看不起大部分同事，自然和他们处不来。但是他对其中一个年轻老师很热情。当他们一起外出时，这个被他戏称为‘豪猪’的新朋友请他吃了一杯刨冰，付了一分五厘，相当于零点二美分。没过多久，另一个老师告诉哥儿，豪猪在背后说他坏话。哥儿相信了这个挑拨离间者的告密，立刻想起自己曾经受恩于豪猪。

“可是，一分钱也好，五厘钱也罢，欠了这种口蜜腹剑的家伙这么一点人情，那就是到死，心里也不会舒坦了。

“第二天，哥儿把一分五厘扔在豪猪的桌子上，因为只有当他不再亏欠一杯刨冰之恩时，才能着手解决当前两人之间的问题，即豪猪在背后对他的侮辱。他们也许会打上一架，但这恩必须先被抹去，因为这两个朋友之间，已经没有恩情。

“这种对琐事的极度敏感和脆弱，在美国通常只会出现在青少年流氓团伙的犯罪记录中和神经症患者的病例里。但这就是日本人心中的美德。”

1944年，人类学家鲁斯·本尼迪克特接受美国政府委托，开始着手研究日本文化。两年后，她递交了研究报告，即《菊与刀》。此书对于美国如何管制战后的日本发挥了很大的指导作用，同时也触发了日本人对本民族的深刻反思。

书中列举的这个“还了钱再吵架”的例子，就出自夏目漱石的小说《少爷》。由此可见该小说在反映日本国民性方面所处的地位是多么地突出。

读到此处，想必细心的读者已然心生诧异：《菊与刀》引文里的书名明明写的是《哥儿》，你又为何要译作《少爷》呢？

好的。下面就从书名开始，谈一点翻译层面的心得。

书名的原文是“坊っちゃん”，对此日文单词，《日汉大辞典》（上海译文出版社·讲谈社）给出的解释是：① 令郎。对别人男孩子的敬称。 ② 公子哥儿。大少爷。大少爷作风的人。对不通世故的人的蔑称。

辞典上的释义自然不能代替翻译，选用译词还应立足于本书的具体语境。

书中的“坊っちゃん”自然是指主人公，他家在明治维新之前的门第是旗本，自称其谱系可上溯至清和源氏，维新之后降格为平民百姓，有点像清末民初的八旗子弟。因此，将其理解为破落小贵族应该是不错的。

其实，在本书中称呼他为“坊っちゃん”的也只有一人，即他家的老用人阿清婆。而这位阿清婆也出自没落的贵族家庭，根据其内心所秉持的旧伦理观，她顺理成章地将主人公看作了自己的小主人，并将这种旧式的愚忠发展到了偏袒和溺爱的地步。

主人公在书中的表现也透着一股“贵族气”：嫉恶如仇、勇猛无畏、敢作敢当——这是好的一面；也有不好的一面：不遵守规则、任性胡为、花钱大手大脚，等等。据此，笔者认为，比起“哥儿”来，将“坊っちゃん”译作“少爷”应该更加贴近作者的本意。

再者，“哥儿”这个词源自北方方言，适用范围很广，并不特指上层社会，类似于吴语中“官官”“大阿官”，事实上现在也几乎不用了。

如果将“哥儿”理解为“公子哥儿”，则更是会给人以纨绔子弟、油头粉面的轻佻浮浪印象，而这与主人公的形象绝对是格格不入的。

下面谈谈其他方面的关注点。

首先是时代特性。

《少爷》出版于1906年，距今恰好110年。在这一百多年里，日语本身也发生了很大变化，即便是今天的日本读者，阅读此书也是不无障碍的。好在对于夏目漱石的作品，日本学者早已做过系统性研究，正是借助了日本研究者的成果，我才能较有把握地理解了原文。

《少爷》的时代性还体现在它与时政的密切相关性。例如在讲到警察一到，打架的学生就逃之夭夭时，“少爷”心想：“好你们这些乡巴佬。要论逃跑，简直比库罗帕特金还要在行啊。”

库罗帕特金是个什么鬼了？——如今的读者有此纳闷也纯属正常。

本书出版时日俄战争刚刚打完（书中还有“祝捷大会”的场景），所以当时的日本读者读到此处，想必是会发出会心一笑的。但如果不加以注释，今天的读者（哪怕是日本读者）恐怕没几个能获得如此阅读效果的。

类似的例子可谓俯拾皆是，譬如说主人公上的学校是“物理学校”，并且是不需要通过入学考试就能上的，毕业后就去中学当数学教师了。这样的事情，今天的读者恐怕也是无法想象。这就有必要对“物理学校”加注了。

再如，与“少爷”先是发生误会，后来又成了“战友”的“豪猪”（数学老师堀田）是会津人，“少爷”听说后，便说：“哦，是会津佬啊。怪不得又臭又硬呢。”为什么“会津佬”就会给人以“又臭又硬”的印象呢？因为在明治维新时，会津藩是站在幕府一边的，在戊辰战争中，会津武士曾十分顽强地抵抗维新政府军，给双方都造成了很大的伤亡，所以即便是进入了明治时代，会津人也给人以一种守旧、顽固的印象。

其次是该书的语言特色。

《少爷》原文的语言属于口语体，通俗流畅，给人以一气呵成的感觉。《少爷》曾多次被翻拍成电影、电视剧，甚至改编成舞台剧、动漫，但按照日本当代著名作家井上厦的说法，这些翻拍、改编全都失败了，原因就在于《少爷》的成功，完全基于其不可替代的语言魅力。由此可见，翻译此书倘若不能在语言上重现原作的特色，不能让人一口气将小说读完，即便注释详尽，没有差错，也同样是有缺憾的。

顺便提一下，在语言风格上，愚以为译者应该扮演“隐身人”的角色。译文的风格应该尽量与原文保持一致。原文口语化，译文就该生动活泼；原文沉稳、凝重，译文就不能轻快、流利。

为了寻找翻译《少爷》时的语言感觉，笔者重读了老舍的名著《四世同堂》，也确实从其鲜活、俏皮的“京味儿”中，找到了“少爷”作为“江户哥儿”的那种“傲”与“油”的感觉。与此同时，二宫和也主演的最新版电影《少爷》也在视觉形象上给了我一个依托——翻译跟创作一样，有时也需要一个视觉形象上的“人物原型”。至少我在翻译时，为了在语言层面上实现再创作，是会有意识地去寻找这样的形象依托的。

夏目漱石的语言风格，原本就是变化很大的。早期的《我是猫》和《少爷》是一个类型，即轻快、俏皮，嬉笑怒骂皆成文章。之后的作品，就趋于沉着、稳重了。而因明治天皇之死，尤其是乃木希典为之殉死而触发他反思人生与生命之后所创作的私小说《心》，其语言在凝重中更是又多了一丝滞涩。事实上，翻译《心》就是笔者的下一个任务，有心的读者不妨关注一下。

行文至此，余墨殆尽。希望大家喜爱《少爷》，喜爱夏目漱石，喜爱日本文学。

最后，感谢出版方对我的赏识和大力支持。

徐建雄　于姑苏城

2016年8月

夏目漱石 なつめ そうせき

（1867.2.9－1916.12.9）

本名夏目金之助（なつめ きんのすけ）

日本作家、评论家、英文学者

代表作品有《我是猫》《哥儿》《三四郎》等

夏目漱石在日本近代文学史上享有很高的地位

被称为“国民大作家”

他的门下出了不少文人

芥川龙之介也曾受他提携

由于夏目漱石对日本文学的伟大贡献

他的头像曾被印在日元壹仟面值的钞票上

也因此很多日本年轻一代会戏称他为“之前壹仟日元上的欧吉桑”

少爷

产品经理 | 李佳婕　　封面设计 | 肖　雯
插图绘制 | 刘晓颖　　责任印制 | 梁拥军
技术编辑 | 顾逸飞　　策 划 人 | 路金波

图书在版编目（CIP）数据

少爷 /（日）夏目漱石著；徐建雄译. -- 杭州：浙江文艺出版社, 2017.1（2021.5重印）
ISBN 978-7-5339-4673-9

Ⅰ. ①少… Ⅱ. ①夏… ②徐… Ⅲ. ①中篇小说－日本－现代 Ⅳ. ①I313.45

中国版本图书馆CIP数据核字(2016)第270562号

责任编辑 金荣良
特约编辑 李佳婕
封面设计 肖 雯

少爷
［日］夏目漱石 著 徐建雄 译

出版 浙江文艺出版社

地址 杭州市体育场路347号 邮编 310006
网址 www.zjwycbs.cn
经销 浙江省新华书店集团有限公司
果麦文化传媒股份有限公司
印刷 河北鹏润印刷有限公司
开本 880mm×1230mm 1/32
字数 114千字
印张 6.5
印数 28, 001-34, 500
插页 4
版次 2017年1月第1版 2021年5月第6次印刷
书号 ISBN 978-7-5339-4673-9
定价 32.00元